XS
엑세스
Hybrid
SONG JIHYUNG

Contents

... VRAIMENT ?

OUI !

MON PÈRE DISAIT QUE L'HOMME DEVAIT PROTÉGER LA FEMME, PARCE QU'IL ÉTAIT PLUS FORT. ET QUE C'ÉTAIT CELA, UN VÉRITABLE HOMME .

NON...
TU VAS LE REGRETTER.

ÇA NE FAIT RIEN,
JE TE PROTÉGERAI
QUAND MÊME.
NE PLEURE PAS...

LA PREMIÈRE FOIS QUE J'AI VU MINA, J'AVAIS 11 ANS ET C'ÉTAIT EN HIVER.
SON REGARD SEMBLAIT TRANSPERCER MA TÊTE, ET JE N'ARRIVAIS PAS À BOUGER, J'ÉTAIS COMME PARALYSÉ.

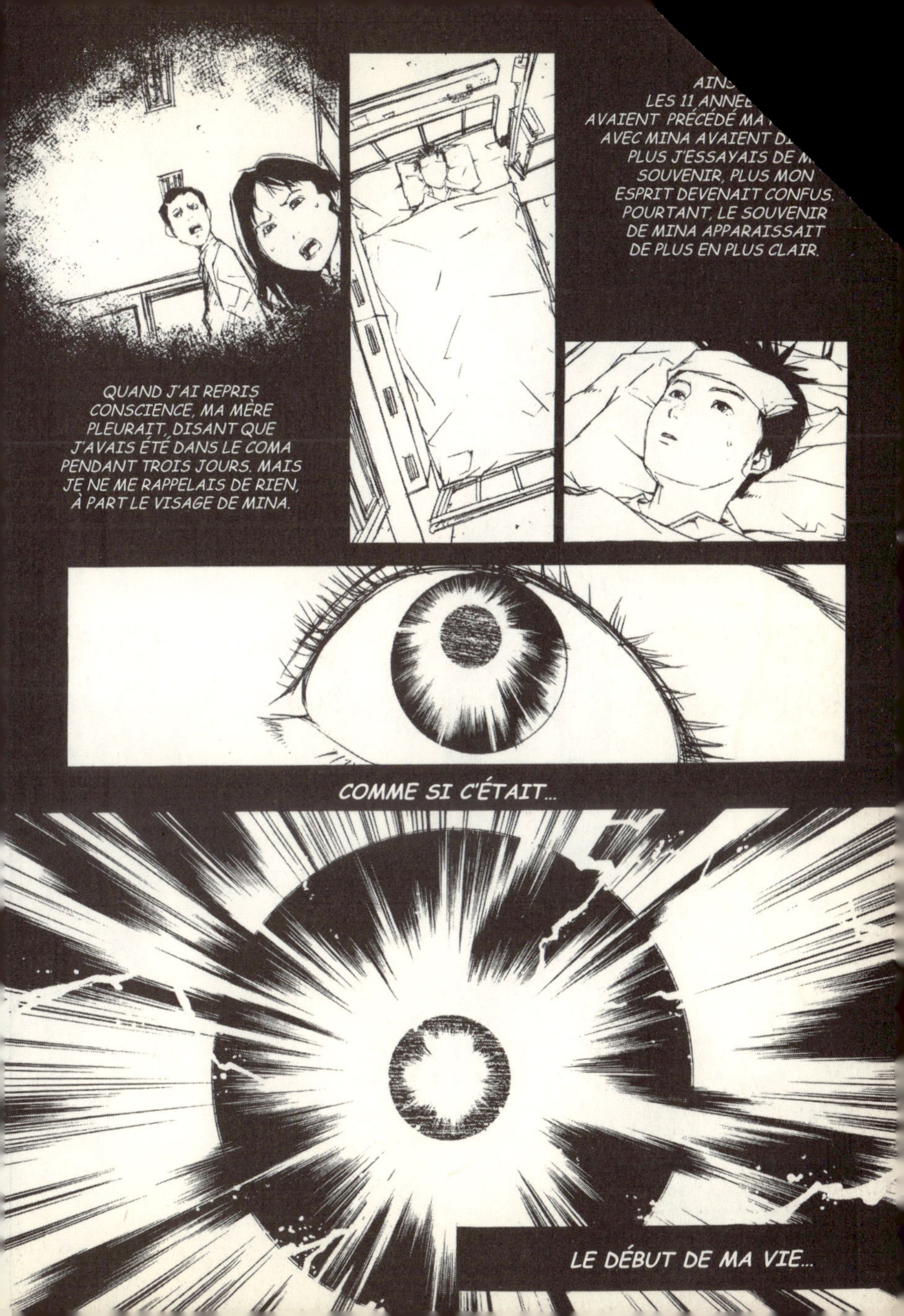
AINS
LES 11 ANNÉE
AVAIENT PRÉCÉDÉ MA
AVEC MINA AVAIENT DI
PLUS J'ESSAYAIS DE M
SOUVENIR, PLUS MON
ESPRIT DEVENAIT CONFUS.
POURTANT, LE SOUVENIR
DE MINA APPARAISSAIT
DE PLUS EN PLUS CLAIR.
QUAND J'AI REPRIS CONSCIENCE, MA MÈRE PLEURAIT, DISANT QUE J'AVAIS ÉTÉ DANS LE COMA PENDANT TROIS JOURS. MAIS JE NE ME RAPPELAIS DE RIEN, À PART LE VISAGE DE MINA.
COMME SI C'ÉTAIT...
LE DÉBUT DE MA VIE...

LOG_1;Hybrid

NEW YORK, AÉROPORT JFK
탁
탁
탁탁
탁
탁
Freeze !

*THOT : DIEU DE LA SAGESSE DANS LA MYTHOLOGIE ÉGYPTIENNE.

HAUT LES MAINS, ET À PLAT VENTRE !
VOUS N'ÊTES PAS DU S.E.T.*...
[ZOMBIE] N'EST PAS ENCORE LÀ ?
*S.E.T. : SPECIAL ESPIONAGE TEAM.
LA FERME ET FAIS CE QU'ON TE DIT !
METS TES MAINS SUR LA TÊTE.
PFF... C'EST QUOI, ÇA ?
L'ACCUEIL DE VOS INVITÉS LAISSE À DÉSIRER.
지잉
지잉
지잉
BANDE DE NAZES.

QU'EST... QU'EST-CE QUE ?

QUOI ?
IL A DISPARU ! IL N'EST PLUS À L'INTÉRIEUR DU PÉRIMÈTRE DE SÉCURITÉ !
QUE VOULEZ-VOUS DIRE ? QU'IL S'EST ÉVAPORÉ ?
ALERTE ! UN INTRUS DANS LE SYSTÈME P-II !
IL EST EN TRAIN DE VERROUILLER LE NETWORK DU S.E.T. !
ON VOUS TRANSMET LA SITUATION SUR LE MONITEUR, 35% VERROUILLÉS !
57% ! IL EST EN TRAIN DE DÉTRUIRE LE SYSTÈME DE DÉFENSE !
THOT A FINI L'ANALYSE DES CODES ! L'INTRUS EST...
NOM DE CODE : SLASH !
L'ÉQUIPEMENT VISUEL DES SOLDATS SEMBLE AVOIR ÉTÉ PIRATÉ ! LA TRANSMISSION VISUELLE EST INTERROMPUE !
LE CONTRÔLE DE CONNEXION AUX ÉQUIPEMENTS DU GROUPE A EST PERDU ! LE GROUPE A EST EN DANGER, IL FAUT LEUR ORDONNER DE SE REPLIER... !

... H... HQ, HQ,... ICI GROUPE A.
RÉPONDEZ, HQ !
MERDE, QU'EST-CE QUI SE PASSE ?
Show Time !
C'EST QUOI ?
QUE TOUT LE MONDE VÉRIFIE SES RADIOS...
AAH !!
!!
!
zoom 4X

AAAH !
PRR
PRR
SUUK
IL... IL A DISPARU... !
FUIIIP
MAIS ...
MAIS QU'EST-CE QU'IL SE...

URF !
AAAH !
ARGH !
AAAH !

!
MAIS... MAIS COMMENT ...
UH... UUUH ...
EUAAH

파앙
?!
CRIING
CRIING
N...
NON
...
CRIING
CRIING

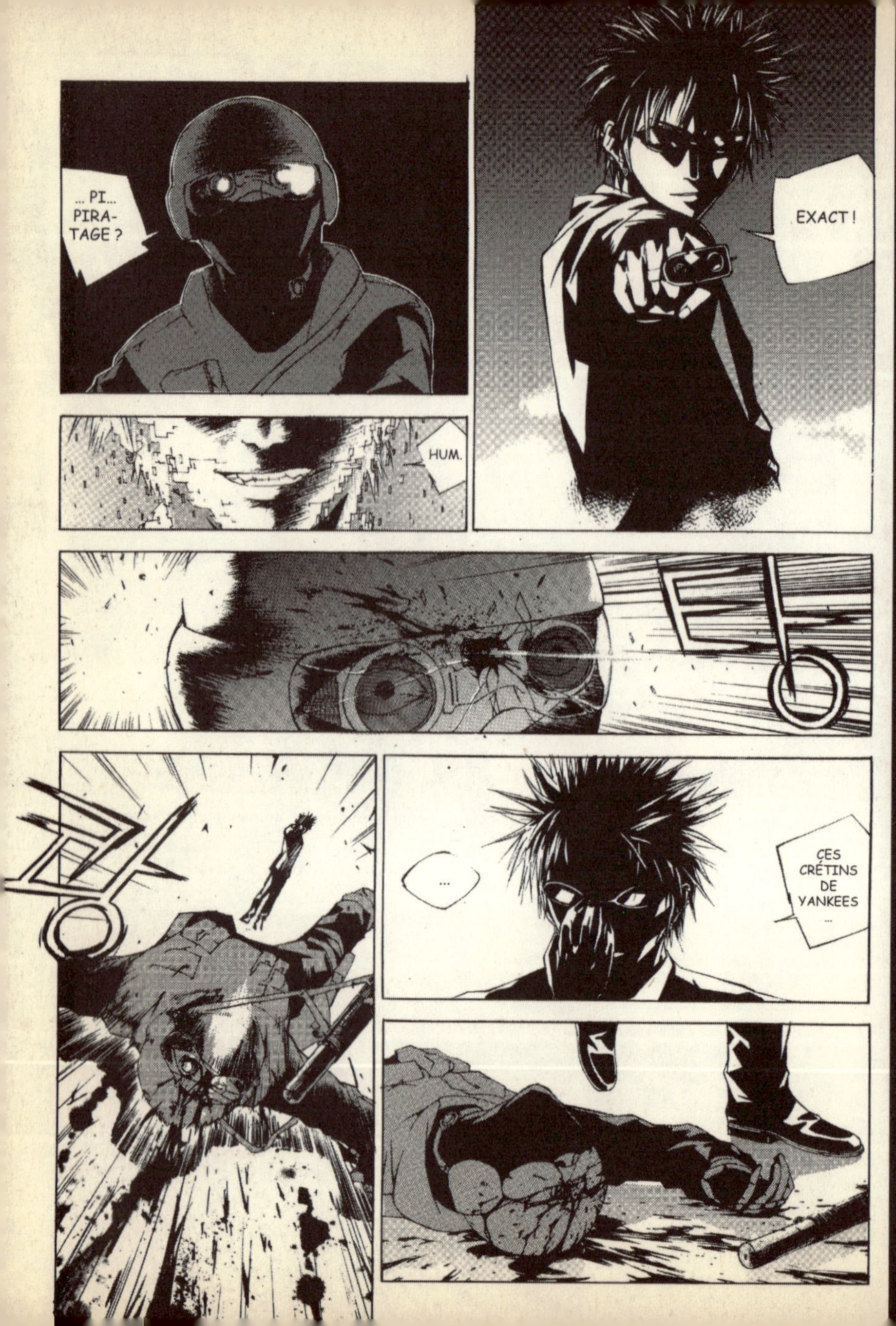

EXACT !
... PI... PIRATAGE ?
HUM.
CES CRÉTINS DE YANKEES ...
...

*NSA : NATIONAL SECURITY AGENCY

VOULEZ-VOUS QUELQUE CHOSE À BOIRE, MONSIEUR ?
Thank u

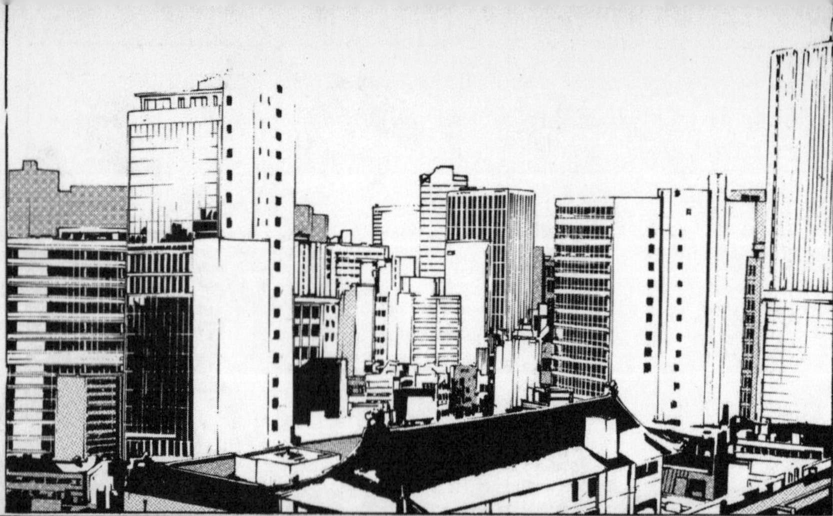

TU VAS MOURIR.

INCHANG HEO !
ARGH !
BELLE RÉCEPTION !
HEY ! MINA PARK !
...

HEY ... QU'EST-CE QU'IL Y A, TU M'AS FAIT PEUR.
HIHI.
ÇA COMMENCE À 3H.
NE SOIS PAS EN RETARD, D'ACCORD ?
?
3H ? QUOI, QU'EST-CE QU'IL Y A À 3H ?
QUOI ?
COMMENT ÇA "QU'EST-CE QU'IL Y A À 3H" !
ESPÈCE DE CON ! J'EN ÉTAIS SÛRE...
ON DEVAIT ALLER VOIR LE FILM QU'ON A LOUPÉ LA SEMAINE DERNIÈRE PARCE QUE T'ÉTAIS EN RETARD !!
ÇA FAIT JE SAIS PAS COMBIEN DE FOIS ! TU TE FOUS DE MA GUEULE ? HEIN ?

EUH... OUI, C'EST VRAI
AHH ! TU N'AS PAS INTÉRÊT À ARRIVER EN RETARD CETTE FOIS-CI !
SINON JE VAIS TE MASSACRER !
SLOUPS
AAAH
EUH... MINA...
QUOI ?
ON VOIT TA CULOTTE ♡
HEIN ?
HÉ !
?

끼익
T'INQUIÈTE ...
JE SERAI PAS EN RETARD AUJOURD'HUI ...
À TOUT À L'HEURE, ♡ ALORS
ÇA COMMENCE À 3H, N'OUBLIES PAS !
OK !
휘이이잉...
!

OUAH ! IL FAIT TROP BEAU AUJOURD'HUI...
끼익..
ET LE PATRON ?
PAS LÀ.

ON DIRAIT QU'IL A ÉTEINT SON PORTABLE...
IL NE SE SERAIT PAS FAIT LA MALLE CE CRÉTIN DE VIEILLARD ?
BIBIP
BIP
LÂCHES LES GORILLES POUR LE RETROUVER.
IL NE POURRA PAS ALLER LOIN.
OK...
HÉ,
T'EN ES OÙ AVEC L'ARGENT DE CE CONNARD DE KIHUN ?
AH, J'ÉTAIS EN TRAIN DE LE CHERCHER JUSTEMENT...
ON DIRAIT QU'IL S'EST FIXÉ DANS UN CYBERCAFÉ SANS BOUGER DEPUIS QUELQUES MOIS.
QU'EST-CE QU'IL FAIT DANS UN CYBERCAFÉ ?
J'EN SAIS RIEN...
MAIS IL FAUDRA LE CHOPER UN DE CES QUATRE.
TAP
OHOHOHOHOH
TIIT
TIT
?
OHOHOHOHOHOH
TIIT
!
TIT
TIIT
... HEIN ?

OHOH OHOH OHOHOH
KIHUN KIM...
AH BAH, QUAND ON PARLE DU LOUP.
COMME ÇA, TU VIENS NOUS VOIR TOI-MÊME...
BIP
ON AVAIT JUSTEMENT DES AFFAIRES À RÉGLER AVEC TOI ...
TAF
DONNE-MOI LA CLÉ.
...... QUOI ?
HAHA ! QUOI, C'EST TA VOITURE C'EST ÇA ?
IL FAUT QUE TU NOUS RENDES L'ARGENT, CONNARD ! TU NOUS PRENDS POUR QUI LÀ ?
TU TE CROIS OÙ... ?
KIHUN KIM...

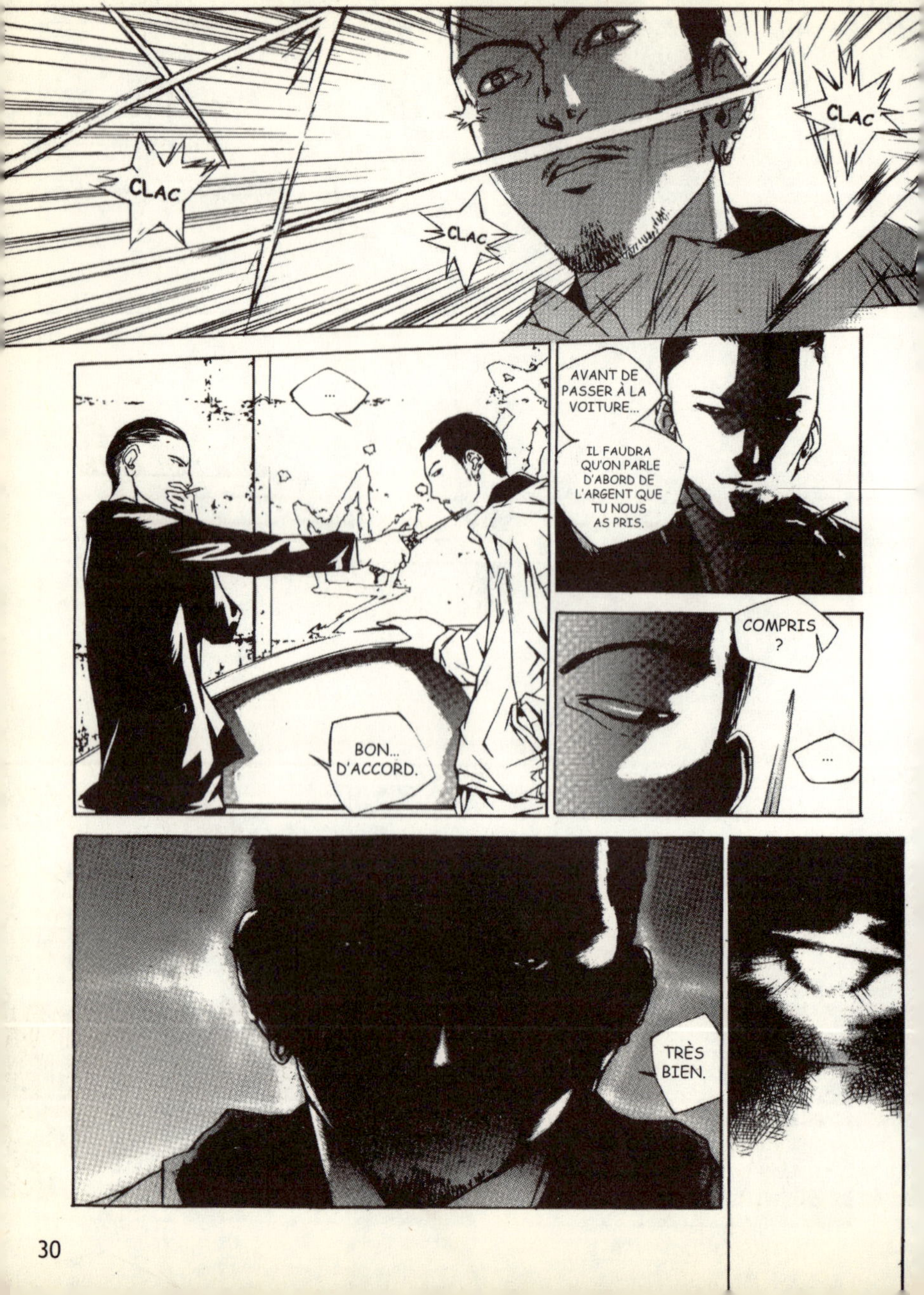
CLAC
CLAC
CLAC
...
AVANT DE PASSER À LA VOITURE...
IL FAUDRA QU'ON PARLE D'ABORD DE L'ARGENT QUE TU NOUS AS PRIS.
BON... D'ACCORD.
COMPRIS ?
...
TRÈS BIEN.

HEIN ?
DING
DONG
AARGH !
AAAAH !
AHAHAHA, PILE AU MOMENT !
HA HA HA !!
CA Y EST MAINTENANT, INCHANG AUSSI IL TOMBE... HAHA !

AAH... MERDE.
C'EST QUI ?
MESSAGE : 2
IL EST 3H MOINS 10... T'ES EN ROUTE, N'EST-CE PAS ?
MINA
C'EST À 3H, NE SOIS PAS EN RETARD.
GLOUPS
AAAAH
J'SUIS MORT !
HEY, TU VAS OÙ ?
HÉ... PRENDS TON SKATEBOARD AU MOINS !
IL SE TIRE PARCE QU'IL S'EST TAPÉ LA HONTE ?
HAHA HAHA !
J'SUIS EN RETARD !
PRENDS-LE POUR MOI !
...
IL A UN RENDEZ-VOUS AVEC MINA ?
BAH, À MON AVIS, ÇA DOIT ÊTRE ÇA.
PFF... CELUI-LÀ.
QUAND C'EST POUR MINA...

CLAC
VLAM
CRIING

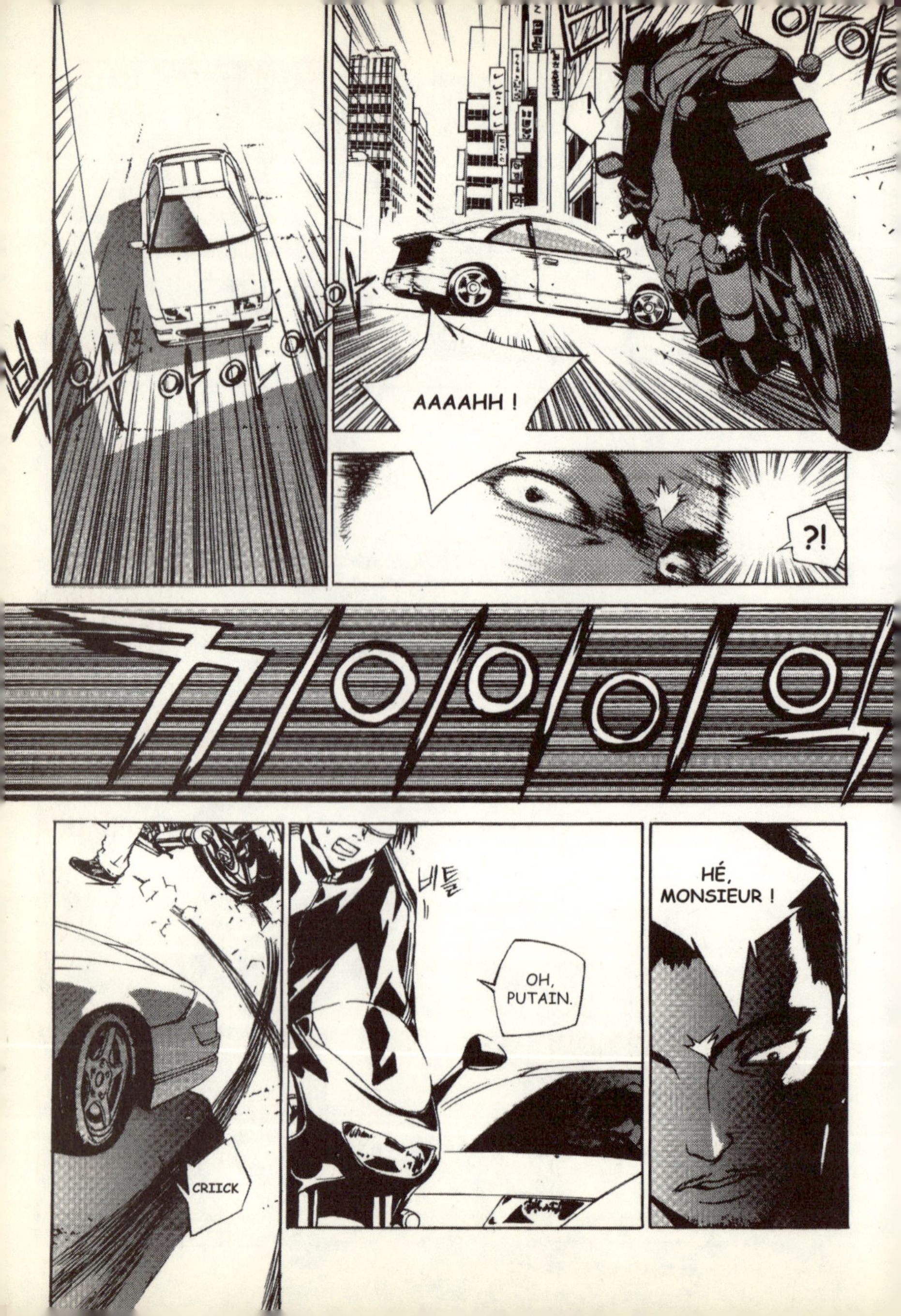
AAAAHH !
?!
CRIICK
비틀
OH, PUTAIN.
HÉ, MONSIEUR !

ÇA NE VA PAS DE CONDUIRE COMME ÇA ?!
VOUS ÊTES FOU OU QUOI ?!
OH, AVEC UNE VOITURE JAPONAISE EN PLUS.
C'EST TOUJOURS CES CHAUFFARDS QUI...
C'EST À 3H, NE SOIS PAS EN RETARD.
AH !
AAARGH !
MAIS QU'EST-CE QUE JE FOUS ICI !!
CRRIING

MERDE ALORS !
SI J'SUIS ENCORE EN RETARD C'EST À CAUSE DE ÇA !
APPRENDS À CONDUIRE BOUFFON !
...
DRIIK

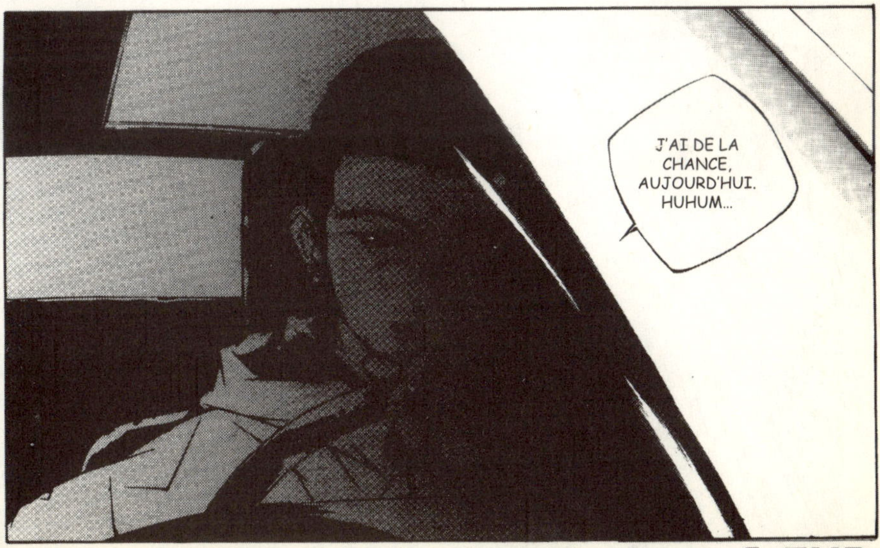

Log-1 END

LOG_2; Access

INCHANG...
ENCORE EN RETARD ?
FRANCHEMENT, JE CROIS QU'ON VA DEVOIR LUI RÉAPPRENDRE LA NOTION DU TEMPS.
RAAA... JE M'EN FOUS MAINTE-NANT.
S'IL N'EST PAS LÀ DANS 5 MINUTES, TANT PIS, JE REGARDERAI LE FILM TOUTE SEULE !
?

AAAH !
OU...OUF ! JE NE SUIS EN RETARD QUE DE 5 MINUTES !
ELLE COMPRENDRA SI JE LUI DIS QU'IL Y A EU UN ACCIDENT SUR LA ROUTE...
HEIN ?!
...

BOM
BOM
QUE... QU'EST-CE QUE C'EST QUE ÇA...
BOM
BOM
탁 탁
KINU
MINA !
HÉ, MINA !
ATTENDS !
AH...
FIN... FINALE-MENT...
ELLE EST EN COLÈRE...
BON, JE VAIS D'ABORD TRAVERSER ...
HEIN ?

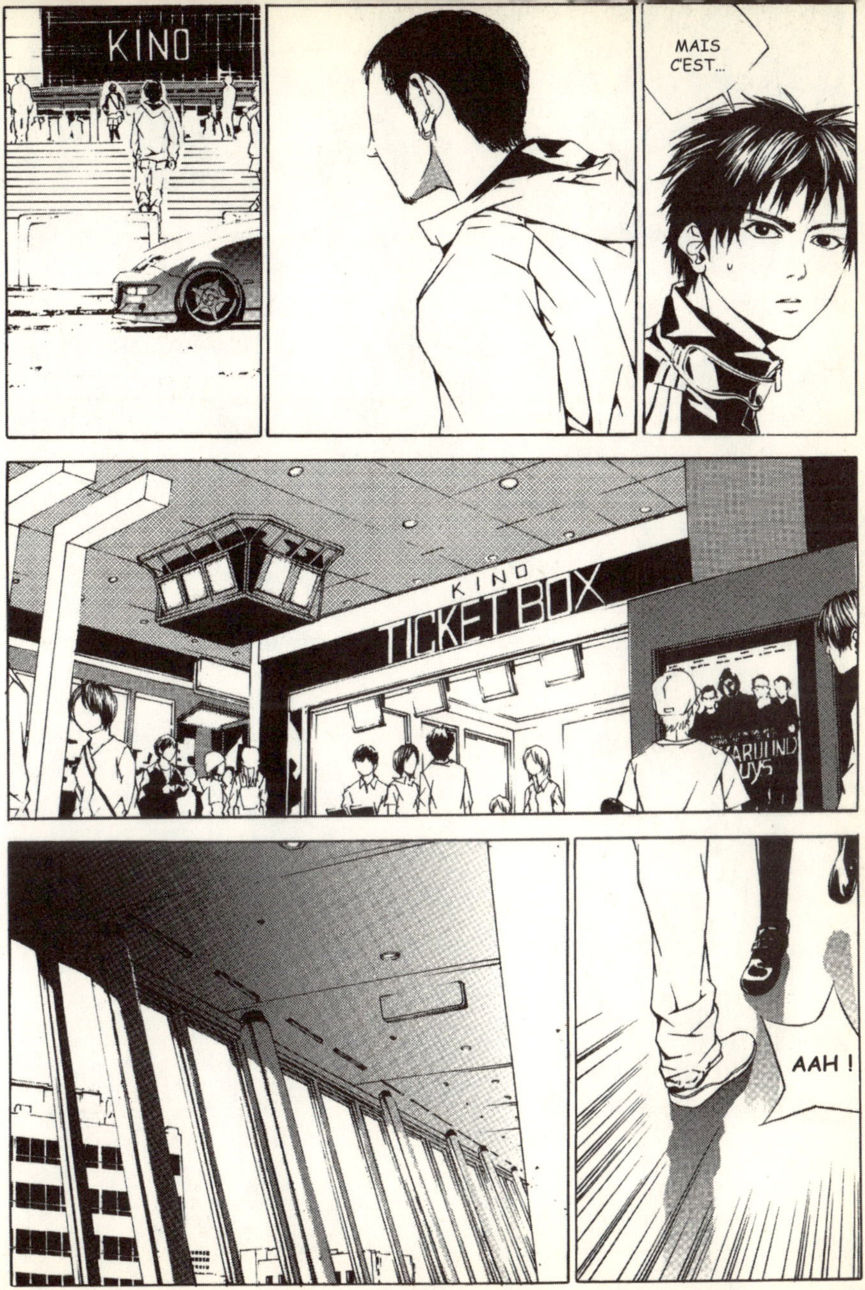
KINO
MAIS C'EST...
KINO
TICKET BOX
AAH !

QUE...QUE VOULEZ-VOUS ?
QUI ÊTES-VOUS ?
QUI SUIS-JE ?
C'EST LA QUESTION QUE J'AIMERAIS TE POSER PLUTÔT.
QUI ES-TU ?
COMMENT SE FAIT-IL QU'UNE GAMINE COMME TOI...
POSSÈDE UNE TELLE CHOSE ?
?

MAIS, MAIS DE QUOI VOUS PARLEZ...
AHA, TU NE LE SAIS PAS ENCORE. HAHA.
AAH !
JE DEVRAIS REMERCIER L'AUTRE GAMIN. JE L'AVAIS SEULEMENT SUIVI D'INSTINCT...
ET TE VOILÀ.
IL FAUT QUE JE CRIE POUR DEMANDER DE L'AIDE...
...MAIS J'AI PEUR ET JE N'ARRIVE PAS À BOUGER...
ALORS, VOYONS VOIR...
HEY...
?!
NON MAIS, ÇA VA PAS LÀ ?
FAUT PAS SE GÊNER GROS PERVERS !

...
VA...
HÉ, ÇA VA ?
HÉ MEC ! TU NE VOIS PAS QU'ELLE TREMBLE ! HEIN ?
배럭
TU TREMBLES ?
MAIS T'INQUIÈTES PAS, NOUS SOMMES LÀ. ♡
RÉPONDS UN PEU, DIS QUELQUE CHOSE !
TAF
T'AS RIEN D'AUTRE À FAIRE, HEIN ? C'EST ÇA ?
C'EST QUOI CETTE TÊTE QUE TU ME FAIS LÀ ?
OHO ! TU T'EN FOUS COMPLÈTEMENT, C'EST ÇA ? TU VAS VOIR...
CRAC
JEFF King

YONGWAN !
ARGH
AAAAH !
ESPÈCE DE... !
...
HIC
HÉ...HÉ, A...AT-TENDS...
AAH !
URGH !
EUUUUH ...
RAZ LE BOL DE CES TYPES QUI ME FONT TOUJOURS PERDRE DU TEMPS.
FINISSONS-EN, VITE.

CRIING
CRIING
CRIING

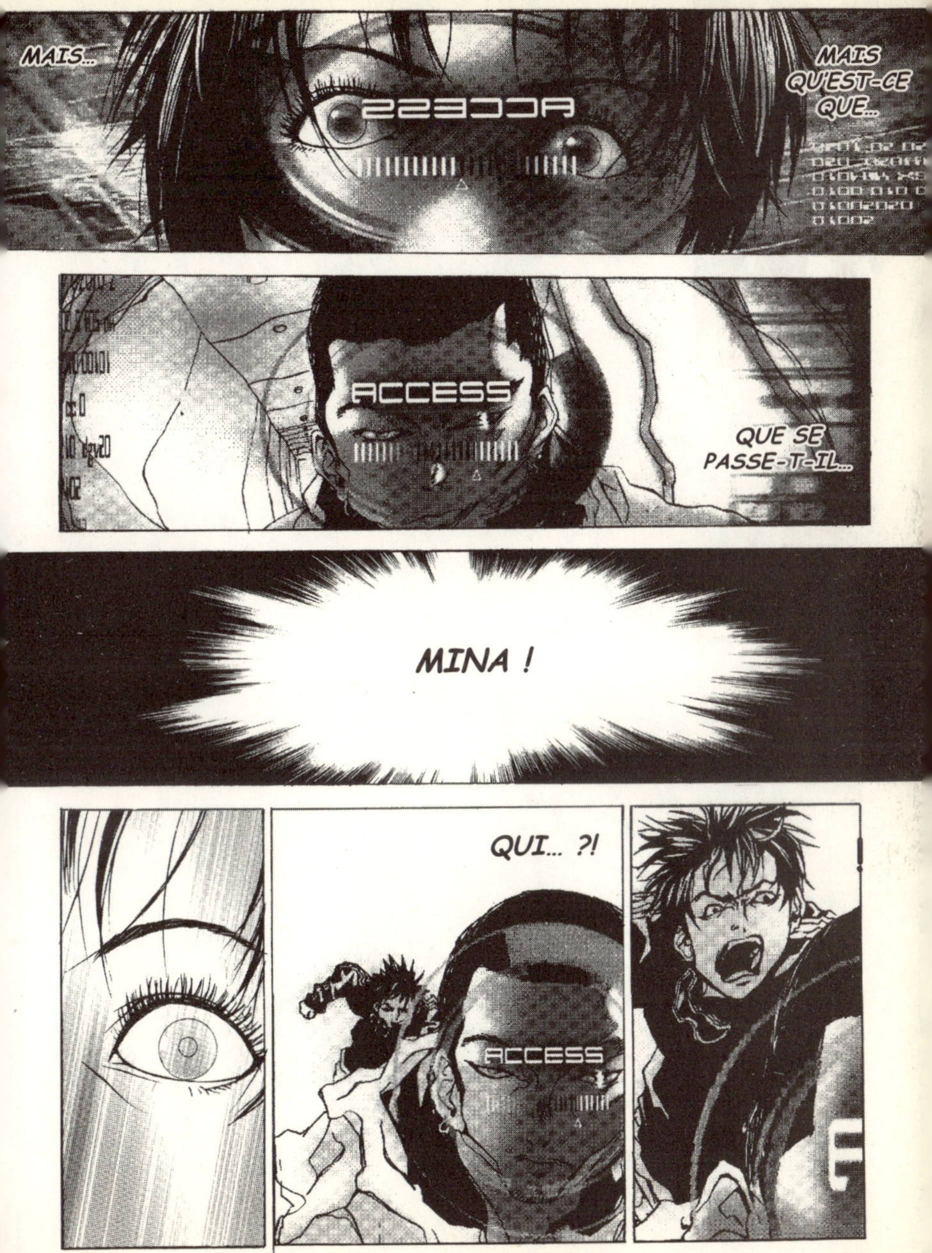
MAIS...
MAIS QU'EST-CE QUE...
ACCESS
QUE SE PASSE-T-IL...
MINA !
QUI... ?!
ACCESS

UAAAAAHH

MINA !
HÉ ! QU'EST-CE QUE T'AS, REGARDE-MOI !
MINA !
HÉ !
ÇA... ÇA NE VA PAS...
SORTONS D'ICI D'ABORD...

AAARGH
URGH
EUAAAH !
OHOO...
QUI ÊTES-VOUS ?!
QU'AVEZ-VOUS FAIT À MINA ?!
...

MAIS DE QUOI ... ?
MAIS !
MERCI...
DE M'AVOIR GUIDÉ.
?!
MAIS QUE SE PASSE-T-IL ? MON CORPS...
CRAARF !

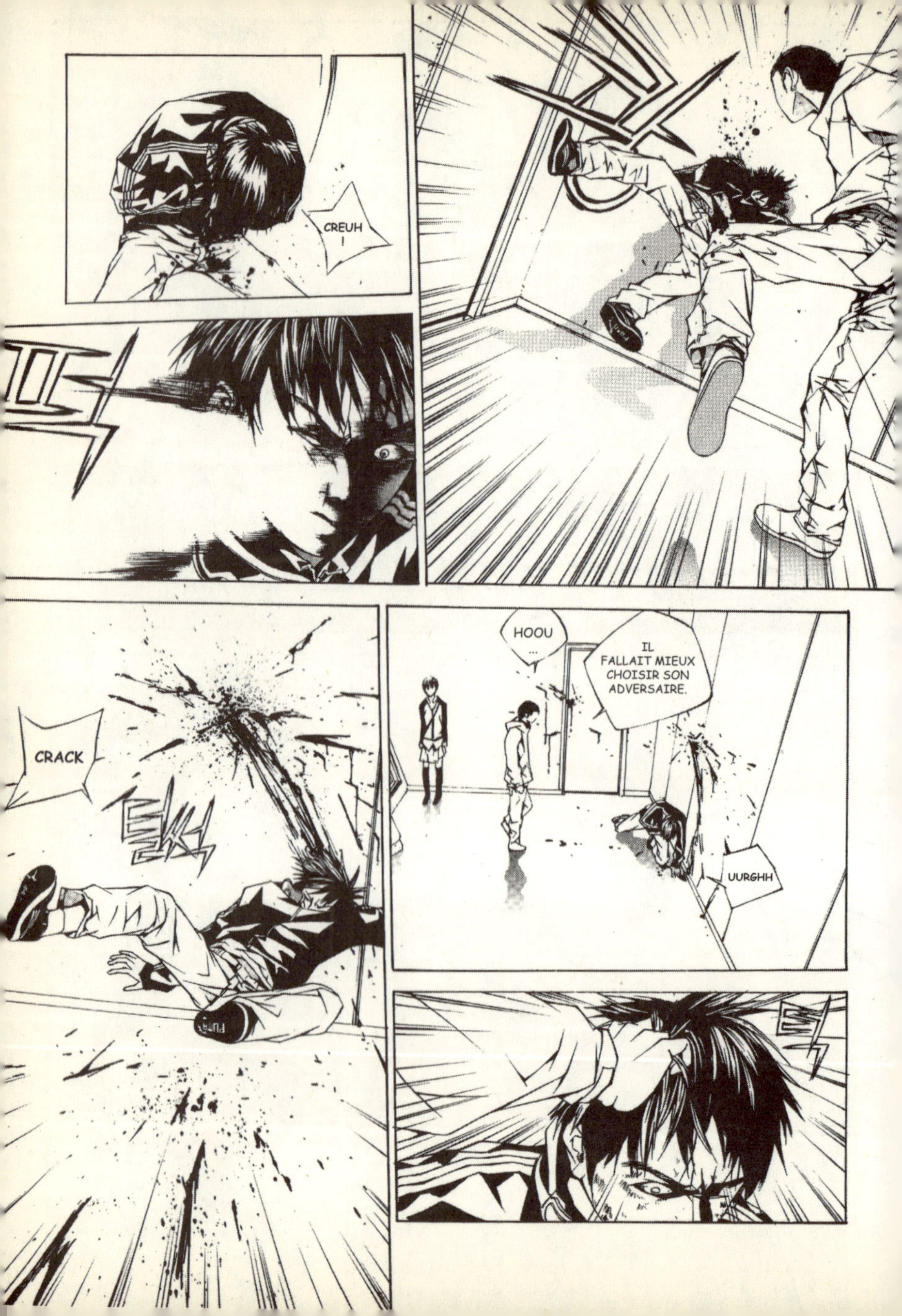
CREUH !
CRACK
HOOU ...
IL FALLAIT MIEUX CHOISIR SON ADVERSAIRE.
UURGHH

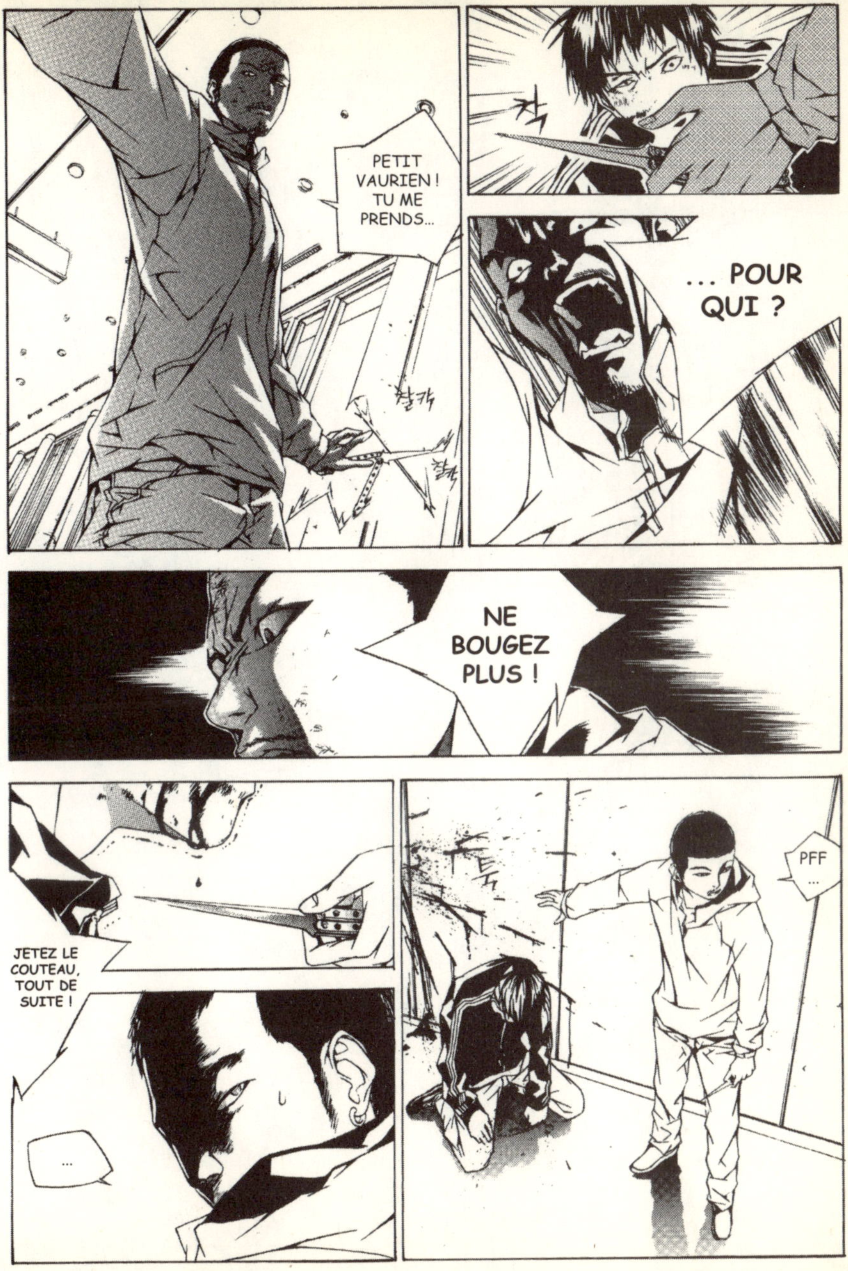
PETIT VAURIEN ! TU ME PRENDS...
... POUR QUI ?
NE BOUGEZ PLUS !
JETEZ LE COUTEAU, TOUT DE SUITE !
...
PFF ...

T'AS DE LA CHANCE...
HAUT LES MAINS !
VITE !
À PLUS TARD.
EUH... EUH...
HÉ ! NE BOUGEZ PAS !
HAUT LES MAINS !
AAH !
EAAH !
AAAH !
IL SE SAUVE, ATTRAPEZ-LE !
ARRÊTE-TOI !
AAAH !

MINA !
MINA, ÇA VA ...?
...
HÉ ! LÈVE-TOI !
MINA !
...
MINA !

ELLE EST TOMBÉE DANS LES POMMES À CAUSE DU CHOC, MAIS ÇA VA MAINTENANT.
NE T'INQUIÈTE PAS TROP, ELLE N'EST PAS BLESSÉE...

JE M'INQUIÈTE PLUTÔT POUR TOI. T'AS L'AIR SALEMENT AMOCHÉ...
... MAIS, C'ÉTAIT QUI CETTE PERSONNE ?
FIUU ...
C'EST CE QUE JE ME DEMANDE AUSSI...
...

...?
QUI...
QUI EST LÀ... ?

AÉROPORT INTERNATIONAL DE IN CHEON
힐끔
...
LA PHOTO NE VOUS RESSEMBLE PAS TROP...
POURRIEZ-VOUS ENLEVER VOS LUNETTES DE SOLEIL, S'IL VOUS PLAÎT ?
PASSPORT
MONSIEUR PARK...
NAMJUNG PARK ?
PMKORPARK<<NA

QUEL EST LE MOTIF DE VOTRE VISITE EN CORÉE...
...
?
EUH... HÉ ! MONSIEUR ...
...
MONSIEUR ...
HÉ, MAIS QU'EST-CE QU'IL SE PASSE, MONSIEUR, RÉVEILLEZ-VOUS...

LOG_3;Kali

J
국제선 도착 | 國際線 到
International arrivals
LES PASSAGERS DE L'AVION KAL N°7527 ARRIVANT DE NEW YORK SONT PRIÉS DE SE PRÉSENTER AU TERMINAL J-18 POUR LE CONTRÔLE D'IMMIGRATION.
웅성
웅성

웅성
웅성
웅성
웅성

... EST-CE LUI ?
HUM...
PEUT-ÊTRE.
JE NE COMPRENDS PAS.
C'EST QUOI LA RAISON ?

JE SAIS QU'IL EST D'ORIGINE CORÉENNE, MAIS POURQUOI VIENT-IL ALORS QU'IL N'A AUCUNE FAMILLE ICI... ?
IL NE PEUT PAS ÊTRE EN SIMPLE VOYAGE... IL SAIT QU'IL EST TROP FACILE À REPÉRER.
... TOUT CECI N'EST PAS TRÈS CLAIR, N'EST-CE PAS ?
?
뚜벅
뚜벅
MÊME SI C'EST UN CHIEN ABANDONNÉ, IL NE PEUT S'EMPÊCHER DE PENSER À SON MAÎTRE.
C'EST COMME... L'INSTINCT, PAR EXEMPLE ?
ALORS ... ?
BAH... IL FAUDRA QUAND MÊME L'OBSERVER UN PEU PLUS...
TING

SI, C'EST VRAIMENT "LUI"...
ÇA VOUDRAIS DIRE QUE [KALI] EST ICI, EN CORÉE.
HUM...
...

TOUTOUM
QU'EST-CE QUE T'AS ?
EUH... RIEN, RIEN...
QU'EST-CE QUE TU FAIS ? ALLEZ, SUIVONS-LE VITE.
HEIN ?
AH... OUI.
...
?

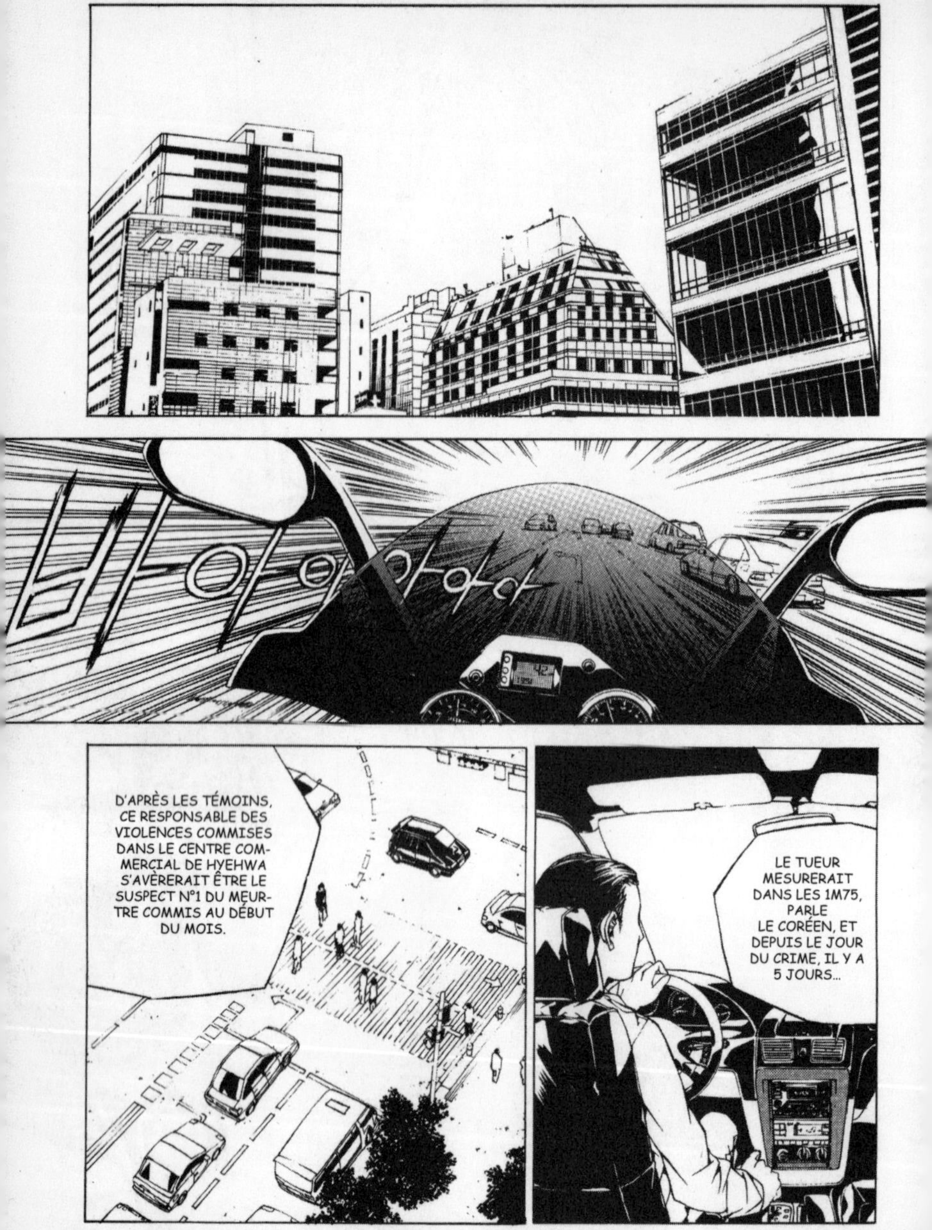
D'APRÈS LES TÉMOINS, CE RESPONSABLE DES VIOLENCES COMMISES DANS LE CENTRE COMMERCIAL DE HYEHWA S'AVÈRERAIT ÊTRE LE SUSPECT N°1 DU MEURTRE COMMIS AU DÉBUT DU MOIS.
LE TUEUR MESURERAIT DANS LES 1M75, PARLE LE CORÉEN, ET DEPUIS LE JOUR DU CRIME, IL Y A 5 JOURS...

VROUM
?
AAAH !
racing
aprilia

QU'EST... QU'EST-CE QUE ?!
GLOUPS
AAAAH !
CRAA !

ARRÊTE
DE MENTIR,
ENFOIRÉ !
HEY,
CONNARD !
JUSQU'OÙ
TU CROIS
QUE TU PEUX
TE SAUVER
COMME ÇA ?
HEIN ?!
OUPS
NON MAIS,
JE T'AI
DÉJÀ DIT QUE
JE NE CONNAIS
MÊME PAS LA
TÊTE DE TA MEUF,
QUOI !
CRÈVE !
CLAC
!
ESPÈCE
DE... !

HUUEEH !
ARGH !
URGH
OUAAHH !

TAP
HAA
HAA
HAA
RAA... CES CRÉTINS !
VOUS N'EN AVEZ PAS MARRE ?
CE SALO-PARD !
JE VAIS LE TUER !!
OUAIS, OUAIS. A PLUS TARD, BANDE DE CONS !
POUR MOI, C'EST L'HEURE D'ALLER À L'ÉCOLE...

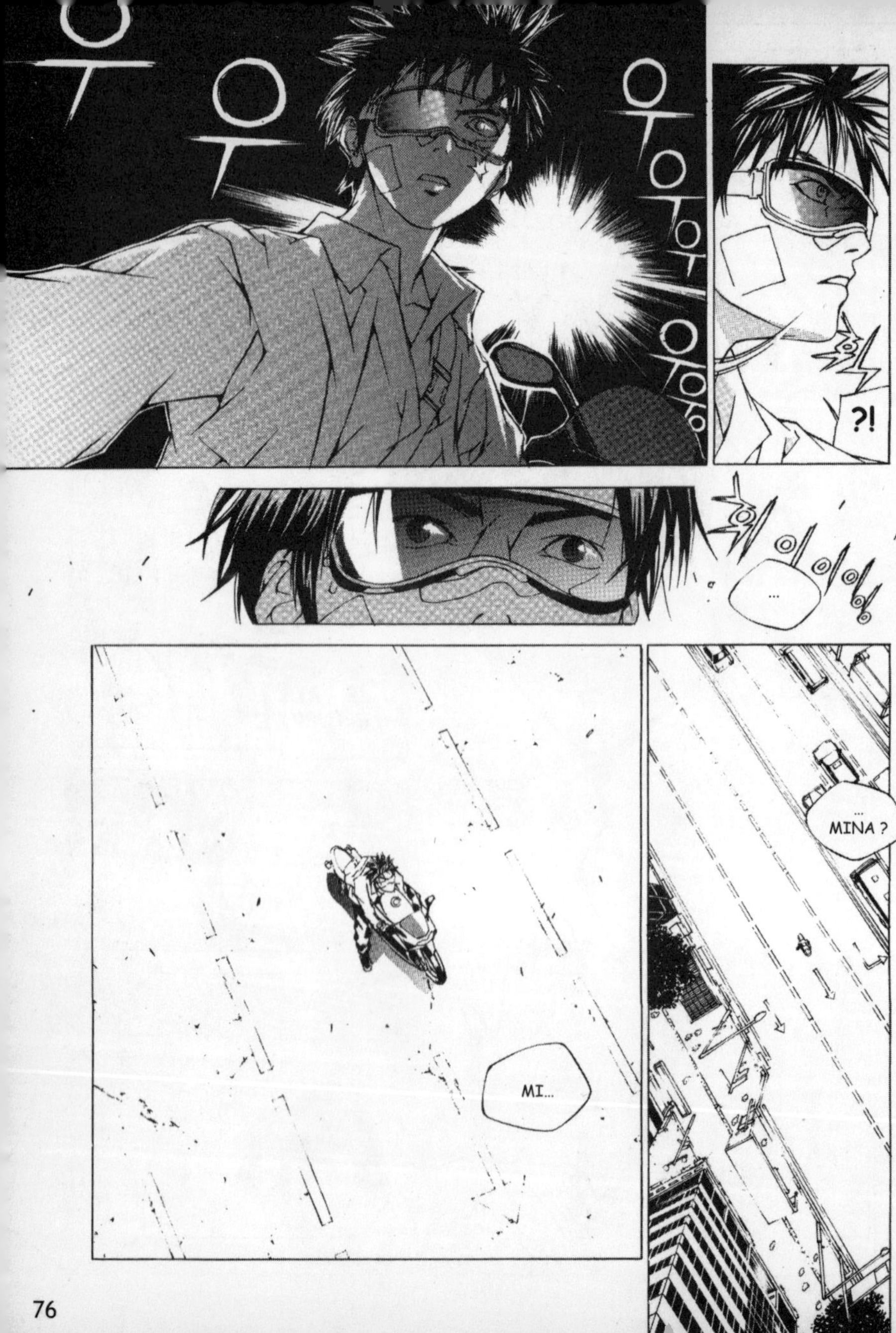
?!
...
... MINA ?
MI...

HÉ, MINA ? QU'EST-CE QU'IL Y A ? HÉ ?
...
NON MAIS...
HÉ !
?
AH, TU M'AS FAIT PEUR. QUOI ?
MOI ?
OUI, TOI !
QUOI ? C'EST TOI QUI N'A PAS RÉPONDU, TÊTE EN L'AIR ! JE T'AI APPELÉE PLUSIEURS FOIS !

QU'EST-CE QU'IL Y A ENCORE...
AH... NON, EN FAIT, J'AI CRU ENTENDRE QUELQU'UN M'APPELER...
MAIS... C'EST BIZARRE...
HEIN ? QUOI ?
... QU'À CETTE HEURE-CI, IL Y A... AUSSI PEU DE MONDE DANS CETTE RUE...
AH OUI, TIENS. C'EST VRAI QU'IL N'Y A PERSONNE AUJOURD'HUI.
ON EST EN RETARD ?
NON, IL N'EST MÊME PAS ENCORE 8H.
TUF
AH ! AU FAIT, ON A PARLÉ DE TOI HIER SOIR DANS AUX INFOS À LA TÉLÉ, T'AS VU ?
HEIN ?!
AH... OU... OUI.. J'AI VU.
HAA... AH BAH, INCHANG, IL A DU CRAN POUR S'ÊTRE BATTU CONTRE UNE TELLE PERSONNE...

TOI... DEPUIS CE JOUR, TU N'AS PAS L'AIR BIEN.
AU FAIT, ÇA VA TOI ?
HUM ? DE QUOI ?
NON, JE ME SENS SEULEMENT UN PEU FATIGUÉE...
!!

EUH... AH... AAH...
주춤
주춤
?
AAAH !
MINA !
?!
C'EST ELLE ?
HUM...
HUUM... AH BON ? MOI JE NE SAIS PAS TROP.
QU'EST... QU'EST-CE QU'IL Y A ?
QUI ÊTES-VOUS ?!
ALLEZ-VOUS EN OU SINON J'APPELLE LA POLICE !!

LA FERME !
팍
쉬익
?!
풀썩
!!
SUJEONG !
턱
PRENONS-LA AVEC NOUS D'ABORD.
끄덕
AAAH !
LÂCHEZ-MOI ! À... À L'AIDE !!
BOUGE PAS !
... HÉ

?
RETIRE TA MAIN.
TIRE-TOI DE LÀ.
SI TU NE VEUX PAS MOURIR.
...
D'OÙ EST-CE QU'IL SORT, LUI...?

MAIS QUI C'EST CE...
...
HÉ, VAS-Y D'ABORD. JE M'OCCUPE DE CELUI-LÀ.
HEIN ?
AH... OK, D'ABORD.
?
AAAH !
LÂCHE ! LÂCHE MOI !
바둥
바둥
NE BOUGE PAS !
RAA... T'ARRÊTES UN PEU... !
?
!!

CRAAAAH !

racing
QU...
QUOI ?

Log-3 END

LOG_4;J

MINA !
QU'EST-CE QUI SE PASSE ? ÇA V...
I... INCHANG ...
AAH ! MAIS LUI C'EST... ?!
탁
탁
탁
탁

QUOI ? QU'EST-CE QUE TU VEUX ENCORE !!
FIUU ...
ENCORE... TOI ?
J'AURAIS DÛ EN FINIR AVEC TOI L'AUTRE JOUR...
QU'EST-CE QUE TU VEUX À MINA, HEIN ?!
PAUVRE MEC !
TU NE TE DRESSERAS PLUS JAMAIS DEVANT MOI !
AAAH !

!
탁
...
HEY, LE HÉRISSON !

T'AS TANT QUE ÇA ENVIE DE MOURIR ?!
치칙
!
QU'EST... QU'EST-CE QUE ?!
hey Moron ~
BOOM!
CLAC
?!

OUAAAAH !

COMMENT SE FAIT-IL QUE CE SOIT MOI QUI... !
MAIS... MAIS QUE SE PASSE-T-IL ?
?
ME... MERDE ! N... NOM DE DIEU !

HAA
HAA
HAA
ORDURE, QU'EST...
TAF
QU'EST-CE QUE TU M'AS FAIT...
!
CREU-AAAH... !

OUAAAARGH !
CREUAAAH !
MAIS... MAIS QU'EST-CE QU'ILS FONT...?
URGH !
TOUM
TOUM
TOUM
?
DÉGAGE TAS DE MERDE !

HAAA !!!
SALOPARD !
!

URGH !
CHIIT !
EUAAAH !
탁

?!
CRAAC

끼익
끼익
끼익
AH... AH BAH...
...
URGH
비틀
삭
...
...
PUTAIN !
OH MERDE !
슥

OUAH ! QU'EST-CE QU'IL EST RAPIDE!
FLASH À CÔTE...
?
...
HÉ... HÉ ?
QUI ES-TU ?
MAIS BORDEL, QUI ÊTES-VOUS TOUS, HEIN ?

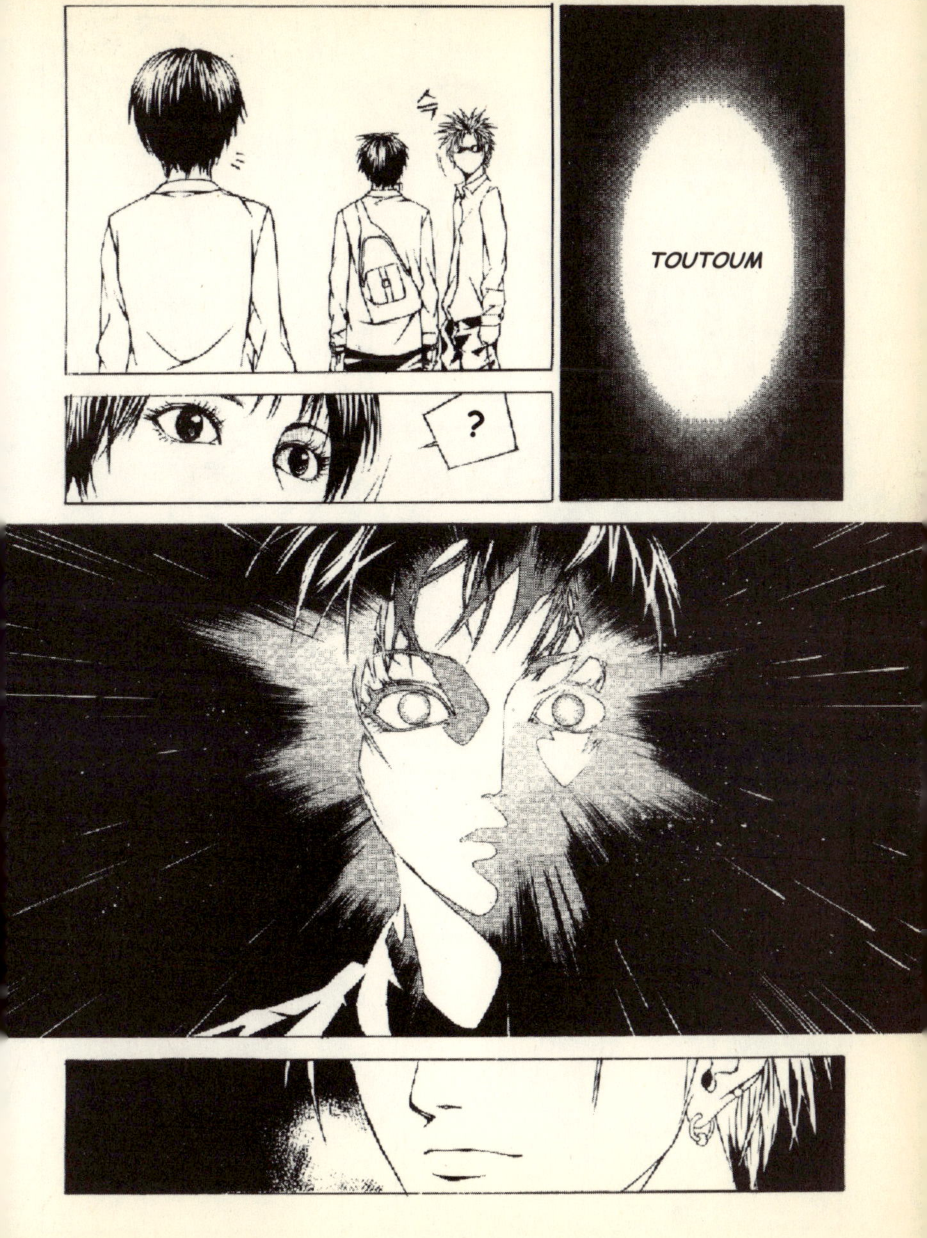
?
TOUTOUM

HÉ ! HÉRISSON !
TU ENTENDS PAS ? JE TE DEMANDE QUI VOUS ÊTES, TOUS !
... HEUREUX... DE TE REVOIR...
J
QUOI ?
QU'EST-CE QUE TU RACONTES ...

...
?
INCHANG !
탁
탁
탁
툭
HÉ ! QU'EST-CE QUE T'AS ?
...
INCHANG HEO !

OK, JE L'AI !!
IL S'EST CONNECTÉ SUR CE PETIT !
TU PARLES DU GARÇON ?
OUI.
ET LE CODE D'IDENTIFICATION ?
TU PEUX VÉRIFIER ?
NON, C'EST PAS POSSIBLE POUR L'INSTANT AVEC L'ÉQUIPEMENT QU'ON A ICI. IL Y A TROP D'INFORMATIONS...
EN PLUS, C'EST CODÉ DONC ÇA VA PRENDRE QUELQUES JOURS POUR LE DÉCODAGE.
HUM...
MAIS, TU PENSES VRAIMENT QUE C'EST NÉCESSAIRE DE VÉRIFIER ?
IL NE DOIT Y AVOIR QU'UNE PETITE VINGTAINE DE PERSONNE DANS LE MONDE QUI PUISSE TRANSMETTRE AUTANT DE DONNÉES EN MOINS DE 5 SECONDES...
BIEN, ALORS CE N'EST PAS LA PEINE DE S'ATTARDER INUTILEMENT, EXAMINONS D'ABORD CE GAMIN.

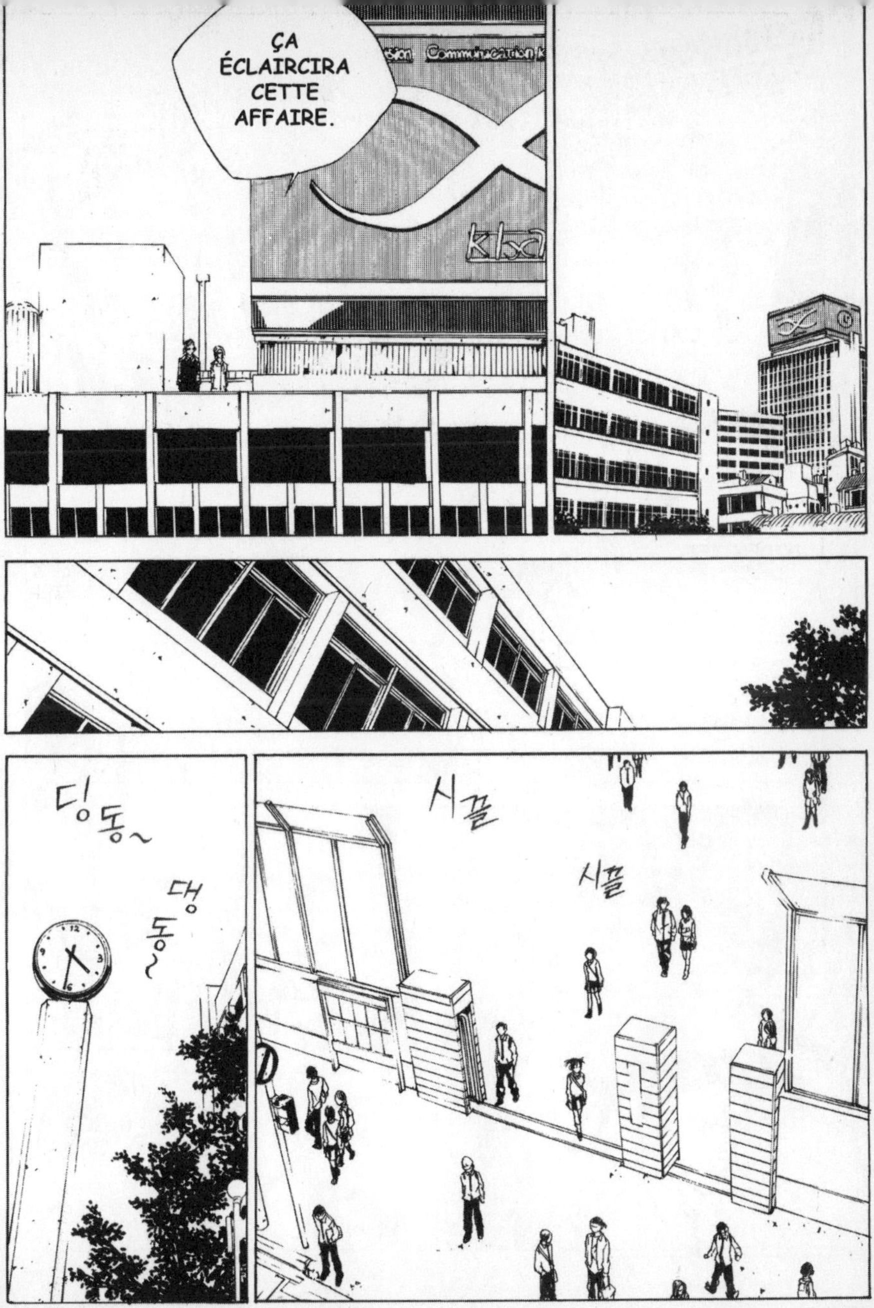
ÇA ÉCLAIRCIRA CETTE AFFAIRE.
딩동~
댕동~
시끌
시끌

TU LE CONNAIS CE TYPE ?
NON, CE N'EST PAS QUE JE LE CONNAIS...
COMMENT DIRE... JE NE CONNAIS PAS SA TÊTE MAIS J'AI L'IMPRESSION QU'ON SE CONNAISSAIT AVANT...
...
AH, OUI !
BAH TIENS, À TOI AUSSI IL TE PARLAIT COMME SI VOUS VOUS CONNAISSIEZ ! QU'EST-CE QU'IL T'A DIT DÉJÀ ?
AH ! IL T'A APPELÉ 'J', C'EST ÇA ?
HEUREUX DE TE REVOIR J !
HUM...
À VRAI DIRE...
MOI AUSSI J'AI EU CETTE IMPRESSION DE L'AVOIR CONNU.
VRAIMENT ?

OUI. ET DONC J'AI RÉFLÉCHI TOUTE LA JOURNÉE POUR ME RAPPELER SI C'EST QUELQU'UN QUE JE CONNAISSAIS OU PAS...
MAIS J'AI BEAU RÉFLÉCHIR, JE NE ME SOUVIENS PAS L'AVOIR RENCONTRÉ.
EN PLUS, CE MEC...
?
IL EST DE MAUVAIS AUGURE.
J'AI COMME L'IMPRESSION QU'IL VA...
... ME PRIVER DE QUELQUE CHOSE DE VITAL.
...
EUH... JE SAIS QUE CE N'EST PAS VRAIMENT LE MOMENT DE TE DIRE ÇA MAIS...
FRANCHEMENT, QU'EST-CE QUE T'AS QU'ON PUISSE PRENDRE CHEZ TOI... DIS PLUTÔT QUE TU NE L'AIMES PAS PARCE QU'IL EST PLUS BEAU QUE TOI.

버럭
QU… QUOI ? MOI, JE PARLAIS SÉRIEUSE-MENT !!
MAIS NON,
JE TE DIS SEULEMENT LA VÉRITÉ.
QUELLE VÉRITÉ !!
C'EST VRAI QU'IL EST BEAU.
QUOI ? BEAU ? TU NE SAIS PAS RECONNAÎTRE LE BEAU ?!
AHA ! TU ME FAIS LA TÊTE, MON P'TIT INCHANG. ♡
HIC !
MAIS NON, MAIS NON. ARRÊTE DE DIRE N'IMPORTE QUOI, RENTRE PLUTÔT CHEZ TOI !
QUOI, TOUTE SEULE ? ET S'IL Y A ENCORE CES GENS ?
ILS EN ONT FAIT ASSEZ CE MATIN TU NE PENSES PAS ? ILS NE VONT PAS REVENIR TOUT DE SUITE. ET PUIS MOI JE DOIS RÉCUPÉRER MA MOTO. S'IL Y A QUELQUE CHOSE, APPELLE-MOI.
D'… D'ACCORD, FAIS ATTENTION QUAND TU CONDUIS…
척
척

스르르...
DES ÉTRANGERS... ?
부우우...

VROUM
TUUT
QUOI ENCORE !
RAA, MAIS QU'EST-CE QUE VOUS AVEZ À KLAXONNER COMME...

... COMME ÇA...
사락
샤라라라
GLOUPS
HI.
H... HI. ♡

DRIIIN
DRIING
!
AHAHA, EXCUSE ME, PHONECALL.
4/20 EN ANGLAIS AU DERNIER CONTRÔLE.
MM MM
QU'EST-CE QU'ELLE A ENCORE À M'APPELER ?
VOUS AVEZ UN APPEL
MINA
AH !
DRIIIN
DRIING
ALLÔ ?

LOG_5:Access Denied

ALLÔ ?
OUI...
QU'EST-CE QU'IL Y A ?
QUOI ? JE T'ENTENDS MAL.
PARLE PLUS FORT...
!
QUOI ?!

OUAAH !
EUAAH ...
!
MERDE.

CRAC
AAAH !
damm...
OUAAH !
CLIK
HIC

Shit!
DÉMARRE, VITE !

PUMA
ALLÔ ? HÉ, INCHANG ! INCHANG !!
MAIS QU'EST-CE QU'IL A...
BIPBIP
TUUUT
APPEL
INCHANG
cdma2000
POURQUOI D'UN COUP ...
뚜루르르...
뚜루르르..
...
우뚝
...
... PEUT ÊTRE QUE...

VANS
PUMA
C'EST... C'EST ENCORE LUI.
JE NE LE VOIS PAS, MAIS IL EST LÀ
... QUE FAIRE ?

SHIT ! ÇA SE COMPLIQUE.
PAS DE PANIQUE, ON A QUE...
... SA TÊTE À RAMENER.

GLOUPS
MAIS QUI SONT ENCORE CES GENS-LÀ ...
SERAIENT-ILS DE MÈCHE AVEC CEUX DE CE MATIN ?
OUAAH
HÉ ! SALOPARDS ! TU SAIS COMBIEN ELLE COÛTE CETTE MOTO !!
ESPÈCES DE TARÉS DE YANKEES.
CRRRR ...

SI C'EST COMME ÇA ...
!
ILS VONT VOIR !
끼이이익
쾅
HAHA ! VOUS AVEZ VU, BANDE DE SALOPARDS !
ÇA C'EST CE QU'ON APPELLE UN VRAI VIRAGE !
HÉ, STOP ! CONNARDS !
부우우우우 우
IL S'EN SORT PAS MAL, LE PETIT.
RICK, FAIS QUELQUE CHOSE !
OK, DONNE-MOI 2 PETITES SECONDES.
탁 탁 탁

CLIC
BIEN !
SI JE CONTINUE TOUT DROIT COMME ÇA, JE RENTRE DANS LE CENTRE-VILLE ET ILS NE POURRONT PLUS RIEN FAIRE.
RICK, VITE !
ÇA Y EST PRESQUE.
VOILA, J'Y SUIS.
Enter
Shift
탁
CLIC
HEIN ?!
QU'EST CE QUI SE PASSE ? FEU ROUGE TOUT D'UN COUP ?!
IL EST DÉRÉGLÉ OU QUOI ?
OUARGH !
HÉ ! T'ES FOU OU QUOI, TOI !
부우우웅
HÉ, ESPÈCE D'IMBÉCILE, TU NE VOIS PAS LE FEU ? QU'EST-CE QUE TU VEUX QUE JE FASSE SI C'EST LE FEU QUI CHANGE TOUT D'UN COUP COMME ÇA ?!

QUOI ? IMBÉCILE ?! DESCENDS DE LÀ !
VOILÀ ! J'SUIS DESCENDU, QU'EST-CE QUE TU ME VEUX ?!
TUT TUT
MERDE.
MERDE... MERDE...
MERDE.
C'EST BON ! ON L'A !
BIEN, COLLONS-LE SUR LE CÔTÉ.
MERDE !!

WAAH !
!!
!
WHA... WHAT THE FUCK...
AAARGH !

OUPS !
AARGH
!

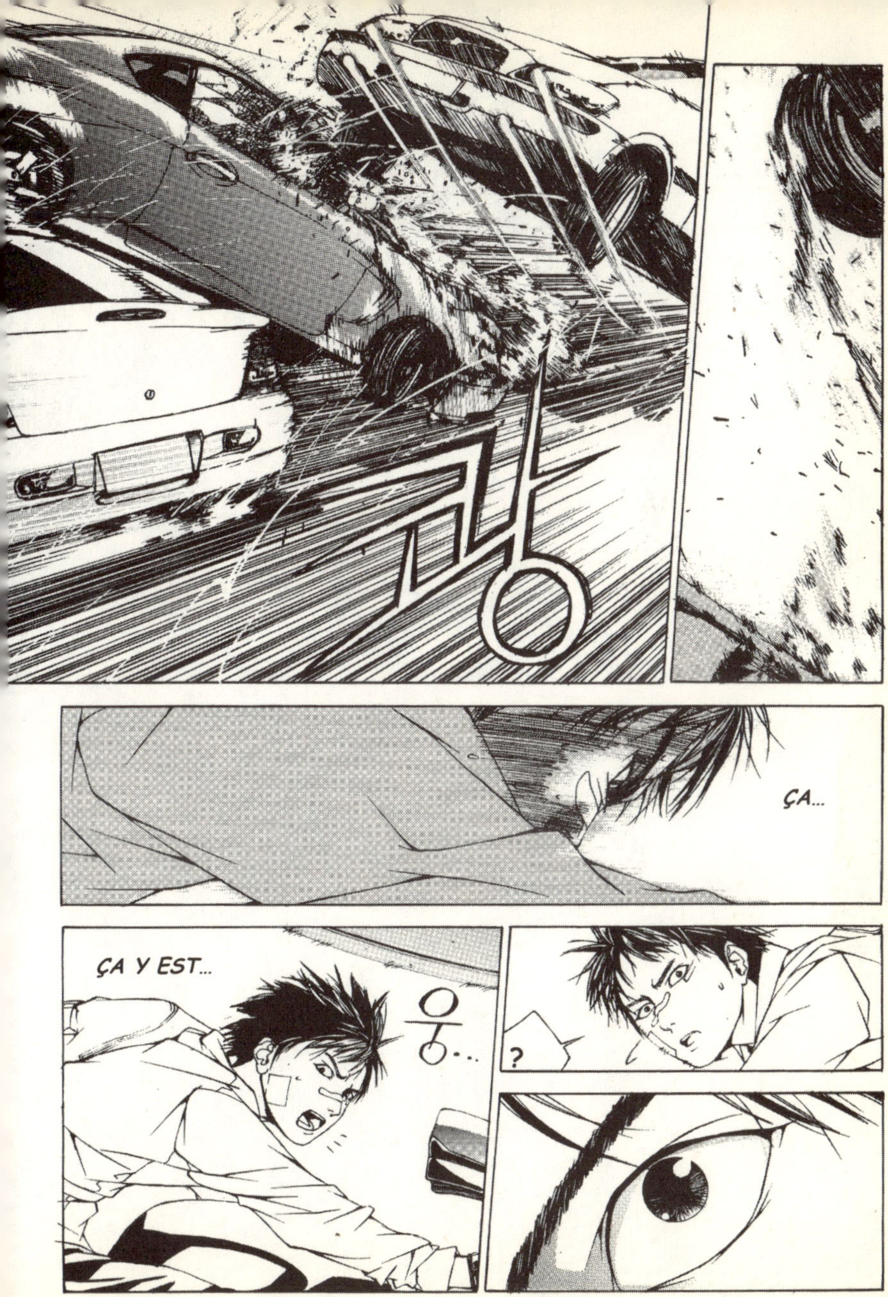
ÇA...
ÇA Y EST...
?

racing
aprilia

AAAH !

AAAH PUTAIN !
EN... ENFIN JE LES AI EUS...
PUTAIN !
MERDE ALORS ! ILS SONT CORIACES !

탁
탁
탁
탁
HAA
HAA
HAA
HAA
HAA
HAA
!!
TU T'EN ES RENDUE COMPTE ?

AAH
...
AAAAH
!
QUE... QUE ME VOULEZ-VOUS ? MAIS POURQUOI VOUS FAITES ÇA ?!
JE N'AURAI PLUS À TE REVOIR ...
LORSQUE TU M'AURAS DONNÉ...
?
CETTE CHOSE QUE TU AS DANS LA TÊTE !

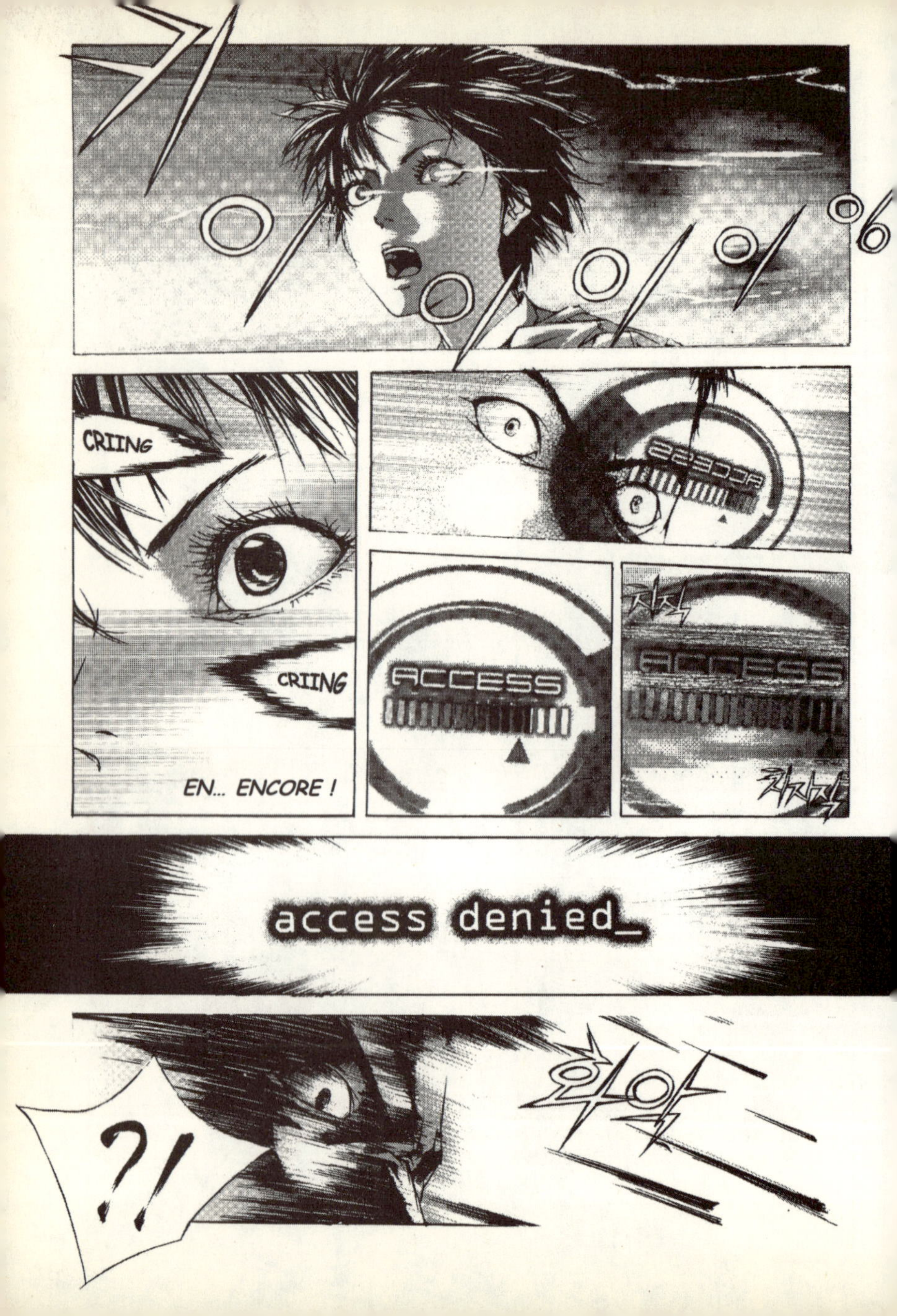
CRIING
CRIING
EN... ENCORE !
ACCESS
ACCESS
access denied_
?!

?!
KYAAAH
CRAAC
CRAC
CRAC
UUUUUH...
URGH !
?
!

IL SERAIT TEMPS DE RÉALISER QUE...
SI TU CONTINUES À TE CROIRE CAPABLE DE TOUT COMME ÇA...
TA TÊTE FINIRA PAR EXPLOSER !

Log-5 END

LOG_6:Delete

CHACUN A SES LIMITES.
...
QU'EST-CE QUE TU RACONTES...
MAIS "CETTE CHOSE" N'EST CERTAINEMENT PAS DE TON NIVEAU.
TU TE CROIS CAPABLE DE TOUT AVEC TON PETIT POUVOIR QUE TU AS EU PAR HASARD...

ALORS MAINTENANT, CASSE-TOI SI TU NE VEUX PAS MOURIR...
...
DONC CE QUE TU VEUX DIRE C'EST ...
... QU'UN HOMME DOIT SAVOIR CE QU'IL VAUT ?
MAIS COMMENT FAIRE ?
JE SUIS QUELQU'UN...
CLAC
CLAC
KYAAAH !
... QUI NE SAIT PAS ABANDONNER.

AH
BON ?
EUAAH

?!
UURGH
OURGH
IDIOT...
KOF !
UUUUURGHHH
... !

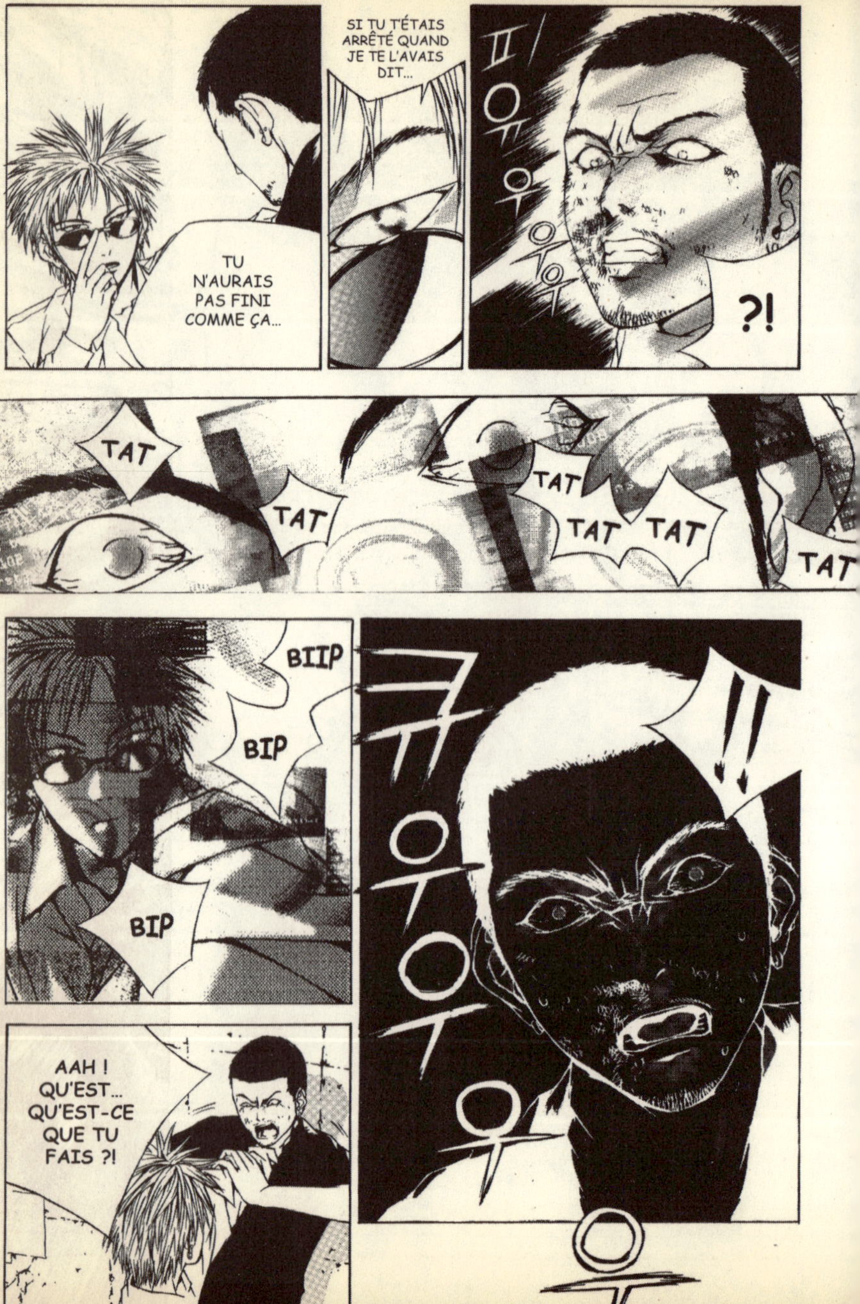

SI TU T'ÉTAIS ARRÊTÉ QUAND JE TE L'AVAIS DIT...
TU N'AURAIS PAS FINI COMME ÇA...
?!
TAT
TAT
TAT
TAT
TAT
TAT
BIIP
BIP
BIP
!!
AAH ! QU'EST... QU'EST-CE QUE TU FAIS ?!

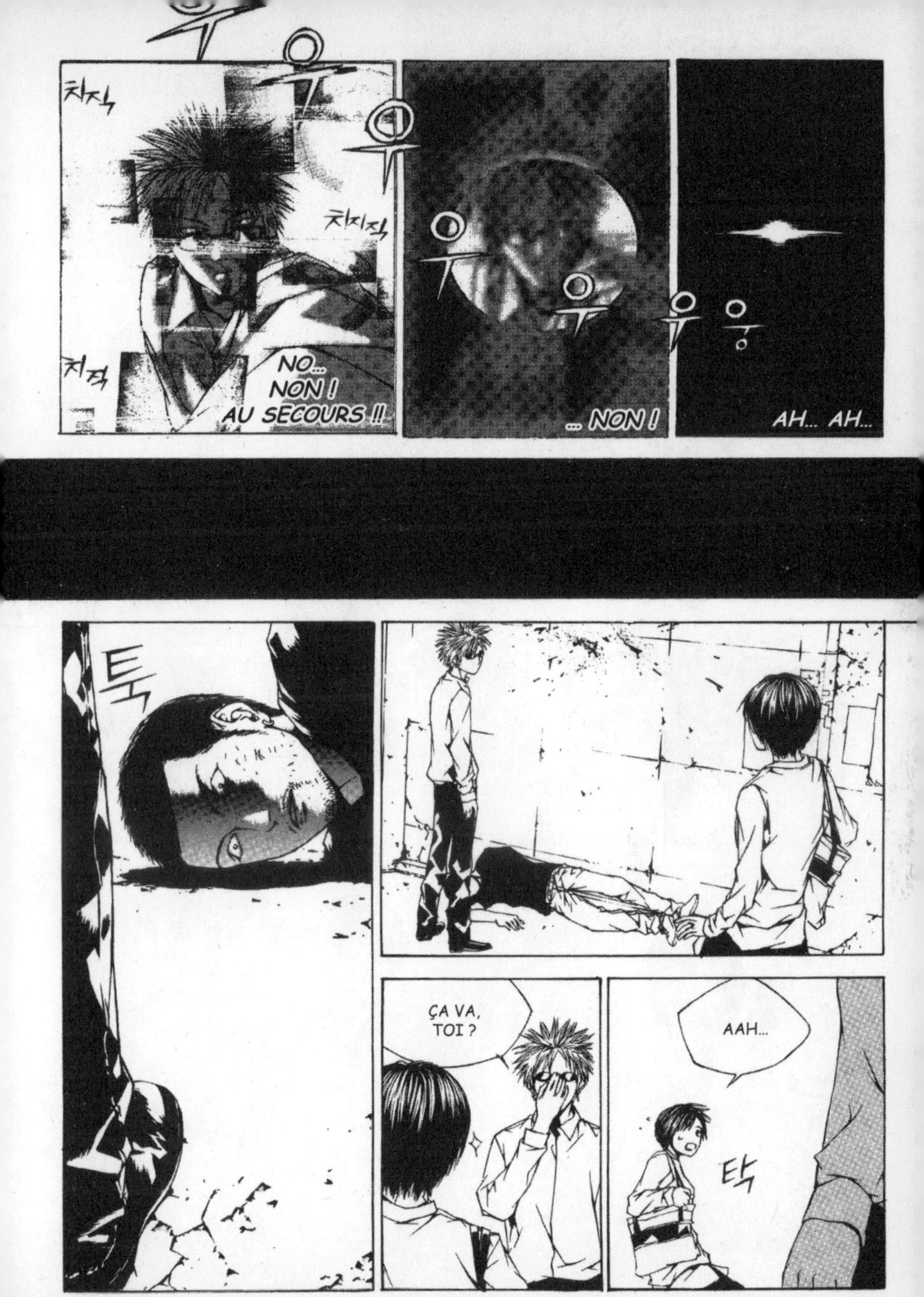

NO... NON ! AU SECOURS !!
... NON !
AH... AH...
툭
ÇA VA, TOI ?
AAH...
탁

...
TU N'AS PAS L'AIR TROP MAL.
IL N'A PAS L'AIR D'ÊTRE MÉCHANT ...
QUI ÊTES-VOUS ? QU'EST-CE QUI SE PASSE... !
ON DISCUTERA PLUS TARD.
IL EST EN DANGER.
PARDON ?
"IL" ? QUI "IL" ... ?
!
VOUS PARLEZ DE INCHANG ... !
ZIP
PLUS TARD.
?
...

AARGH !

PUTAIN ! VOUS VOULEZ ME TUER ?!
MAIS QU'EST-CE QUE J'AI FAIT ?!
서울 POLICE 경찰
?
AAAH !
DES...
DES...
FLICS !!
RÉACTION D'UN ADO AYANT FAIT BEAUCOUP DE BÊTISES.
OUPS... MAIS QU'EST-CE QUE JE SUIS EN TRAIN DE FAIRE... ?!
JE...
JE SUIS SAUVÉ !

INTERPRÉTATION DU LANGAGE GESTUEL : CES TYPES VEULENT ME TUER ! AU SECOURS !!
... !
... !
움찔
MERDE, C'EST LA POLICE.
REPLIONS-NOUS AVANT QUE ÇA SE COMPLIQUE ENCORE PLUS.
ÇA SE COMPLIQUERA ENCORE PLUS SI ON LE LAISSE PARTIR.
!
EUH... HÉ, MAIS QU'EST-CE QUE TU COMPTES FAIRE...
AU SECOURS ! ILS ONT DES FLINGUES !
AAAH ! FLIC... EUH, NON, M. LE POLICIER !!
?
ON DIRAIT UN LYCÉEN. QU'EST-CE QU'IL DIT ? OUVRE LA FENÊTRE.
AH... OUI.
... DERRIÈRE ! AU SECOURS !!
EUX LÀ-BAS... ! ILS ONT... DERRIÈRE !!
QUOI ? COMMENT ?

QUOI ? ON NE T'ENTEND PAS ! PARLE PLUS FORT !
CRAC
ILS ONT DES FLINGUES ! BANDE DE TARÉS DE FLICS BOUCHÉS !!
MAIS QU'EST-CE QUE TU RACONTES ...
QU'EST-CE QU'IL RACONTE ?
FLINGUES ?!
AAAAH !
QU'EST... CE QUI SE PASSE ?!
GLOUPS

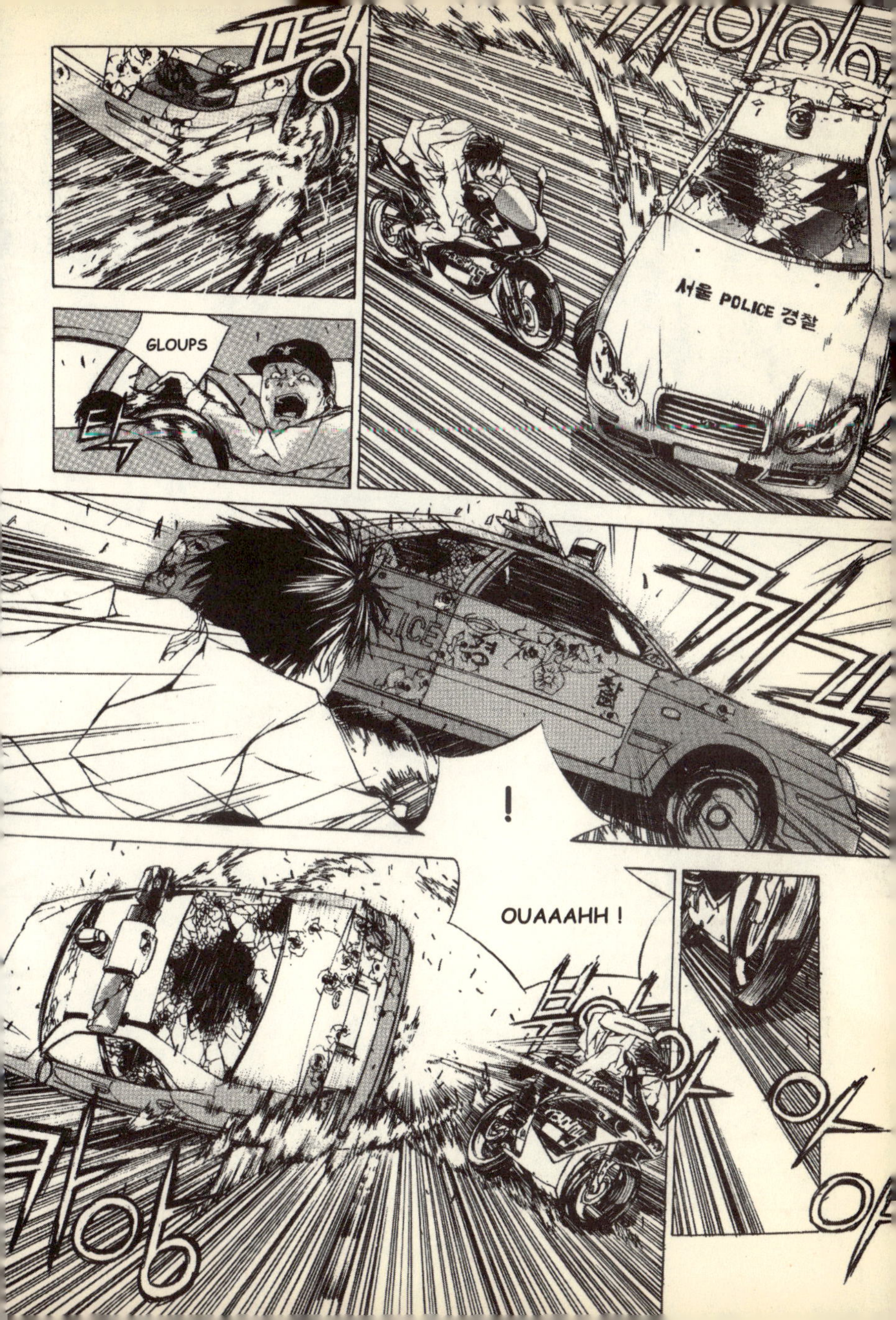
GLOUPS
서울 POLICE 경찰
!
OUAAAHH !

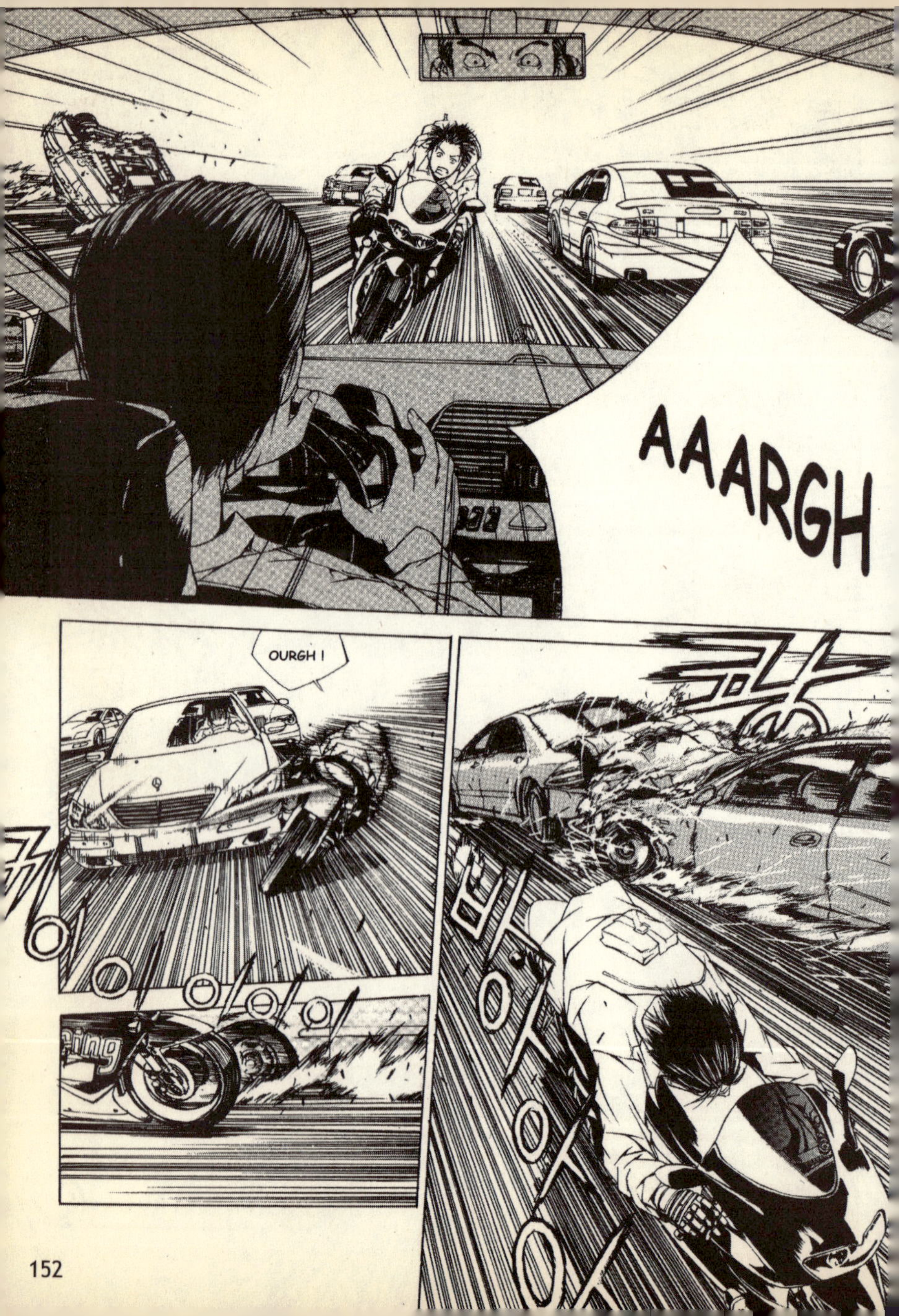
AAARGH
OURGH !

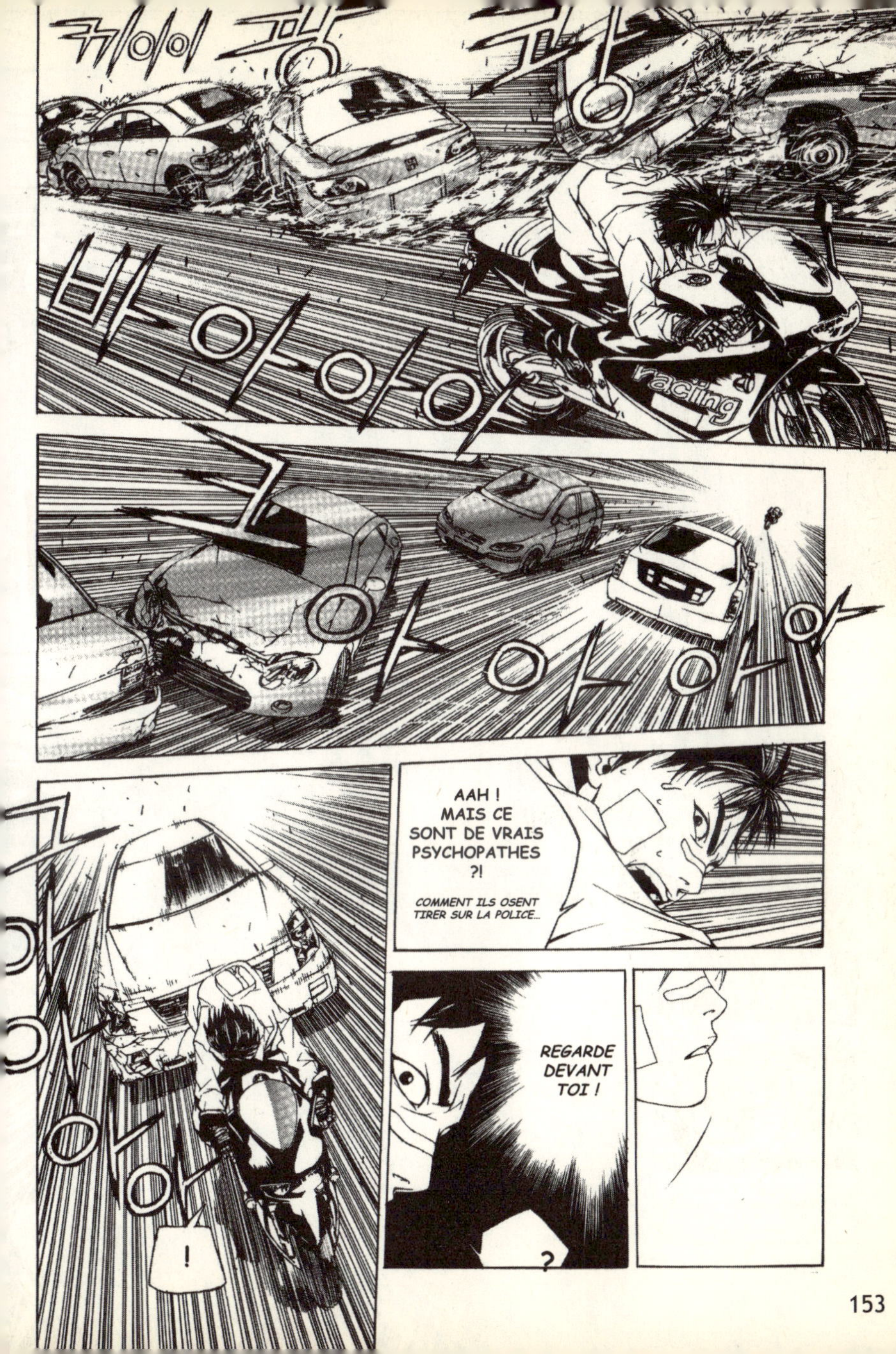
AAH ! MAIS CE SONT DE VRAIS PSYCHOPATHES ?!
COMMENT ILS OSENT TIRER SUR LA POLICE...
!
?
REGARDE DEVANT TOI !

PAN

NO... NON, C'EST TROP PRÈS !
JE NE PEUX PAS L'ÉVITER !!
LE... LE FEU AURAIT-IL ENCORE CHANGÉ ... ?!

CE N'EST PAS LE MOMENT D'ABANDONNER !
AAH !
타
QU... QUOI ? MON CORPS BOUGE TOUT SEUL... !
HEIN ?!
GLOUPS
WAAAAH !!!

HYBRIDE ?
HUM... C'EST COMME ÇA QU'ON NOUS APPELLE AUX ETATS-UNIS.

EN FRANÇAIS, ÇA SERAIT PLUTÔT "ESPÈCE MUTANTE".
UN CHANGEMENT D'ÉTAT DE CARACTÈRE. UN ÊTRE HUMAIN DONT LE CERVEAU A ÉTÉ ENVAHI PAR UNE AUTRE PERSONNALITÉ, ALORS QU'AU DÉBUT C'ÉTAIT UN PUR ÊTRE HUMAIN.
... ? COMMENT ?
...
POUR T'EXPLIQUER PLUS SIMPLEMENT, C'EST COMME LA SCHIZOPHRÉNIE.
ÇA RENTRE DANS LE CERVEAU DE L'INDIVIDU PAR UN CIRCUIT SPÉCIAL ET ÇA Y RESTE DISSIMULÉE.
LORSQU'ELLE EST EXPOSÉE À DES SITUATIONS PARTICULIÈRES OU SI ELLE EST STIMULÉE DE FAÇON RÉGULIÈRE, ELLE REPOUSSE LA PERSONNALITÉ D'ORIGINE ET PREND SA PLACE.
LA SEULE DIFFÉRENCE AVEC LA SCHIZOPHRÉNIE, C'EST QUE CETTE PERSONNALITÉ N'EST PAS... CELLE D'UN HUMAIN.

ENFIN, UNE FOIS QU'ON L'A COMPRIS, DE NOUVEAUX POUVOIRS QUE L'ON NE POSSÉDAIT PAS AUPARAVANT APPAR...
ATTENDS.
MOI...
CE N'EST PAS POUR QUE TU M'EXPLIQUES TOUTES CES CHOSES BIZARROÏDES QUE JE SUIS LÀ.
JE VOUDRAIS SEULEMENT SAVOIR POURQUOI TOUTES CES CHOSES BIZARRES ME SONT ARRIVÉES AUJOURD'HUI.
QUOI QU'IL EN SOIT, AVEC L'HYBRIDE OU JE NE SAIS PAS TROP QUOI...
ÇA N'A RIEN À VOIR AVEC MOI, N'EST-CE PAS ?
TU TE TROMPES.
?
PARDON ?
TU N'AS PAS ENCORE COMPRIS ?
TOI, L'HOMME DE TOUT À L'HEURE, ET J...

NOUS SOMMES DE LA MÊME ESPÈCE.
MÊME... ESPÈCE ?
EN PLUS, TOI TU ES...
HÉHO !

?
QU'EST-CE QU'UN JEUNE HOMME ET UNE JEUNE FILLE...
... FONT DANS UN PARC TOUT SOMBRE ...
... À CETTE HEURE-CI ?

Log-6 END

LOG_7;Angel Virus

QU'EST-CE QU'UN JEUNE HOMME ET UNE JEUNE FILLE FONT DANS UN PARC TOUT SOMBRE À CETTE HEURE-CI ?
QUELLE BELLE IMAGE.
...
PA...

PAPA !
움찔
HE... HEIN ?
QU'EST-CE QUE T'AS DANS LA MAIN ?
TU FUMES ?
둥~
OUPS

*À PEU PRÈS 700 EUROS

AH...
HUM...
ÇA NE TE REGARDE PAS.
HEIN ?
OUF...
?
HÉ, POURQUOI, C'EST QUI ?
T'EN OCCUPE PAS, JE TE DIS !
ON DIRAIT QUE PAPA NE SAIT ENCORE RIEN DE CE GARÇON.
HUM... ATTENDS !
C'EST LOUCHE TOUT ÇA.
TOI... ET LUI...
EUH... OUI ?
QUOI... ?
NON...
TU TROMPES INCHANG ET TU SORS AVEC LUI ? C'EST BIEN ÇA, ♥
HEIN ?
HEIN ?
POK
JE SAVAIS BIEN QUE MA FILLE ÉTAIT CANON...
D'UN AUTRE CÔTÉ, PAUVRE INCHANG...

MAIS QU'EST-CE QUE TU RACONTES, ON EST SEULEMENT AMIS, INCHANG ET MOI !
BON ? ALORS TU SORS AVEC LUI LÀ-BAS ? HUM... MOI JE PRÉFÈRE INCHANG MÊME S'IL EST UN PEU MOINS BEAU...
MAIS QU'EST-CE QUE TU RACONTES !!
BREF, ALORS, TOI QUAND EST-CE QUE TU COMPTES ARRÊTER DE FUMER, HEIN ?
PFFF, ÇA FAISAIT À PEINE UNE JOURNÉE...
...

PAPA !
OU... OUI? QUOI ?
QUOI ? TU M'ÉCOUTES OU PAS ?
AH...! SI, SI, JE T'ÉCOUTE.
ALORS, QUAND EST-CE QUE TU VAS TE DÉCIDER.
HEIN ? DE QUOI ?
QUOI ? TU N'ÉTAIS DONC PAS EN TRAIN DE M'ÉCOUTER !!
...
PARLE ! PARLE !
BEURK !

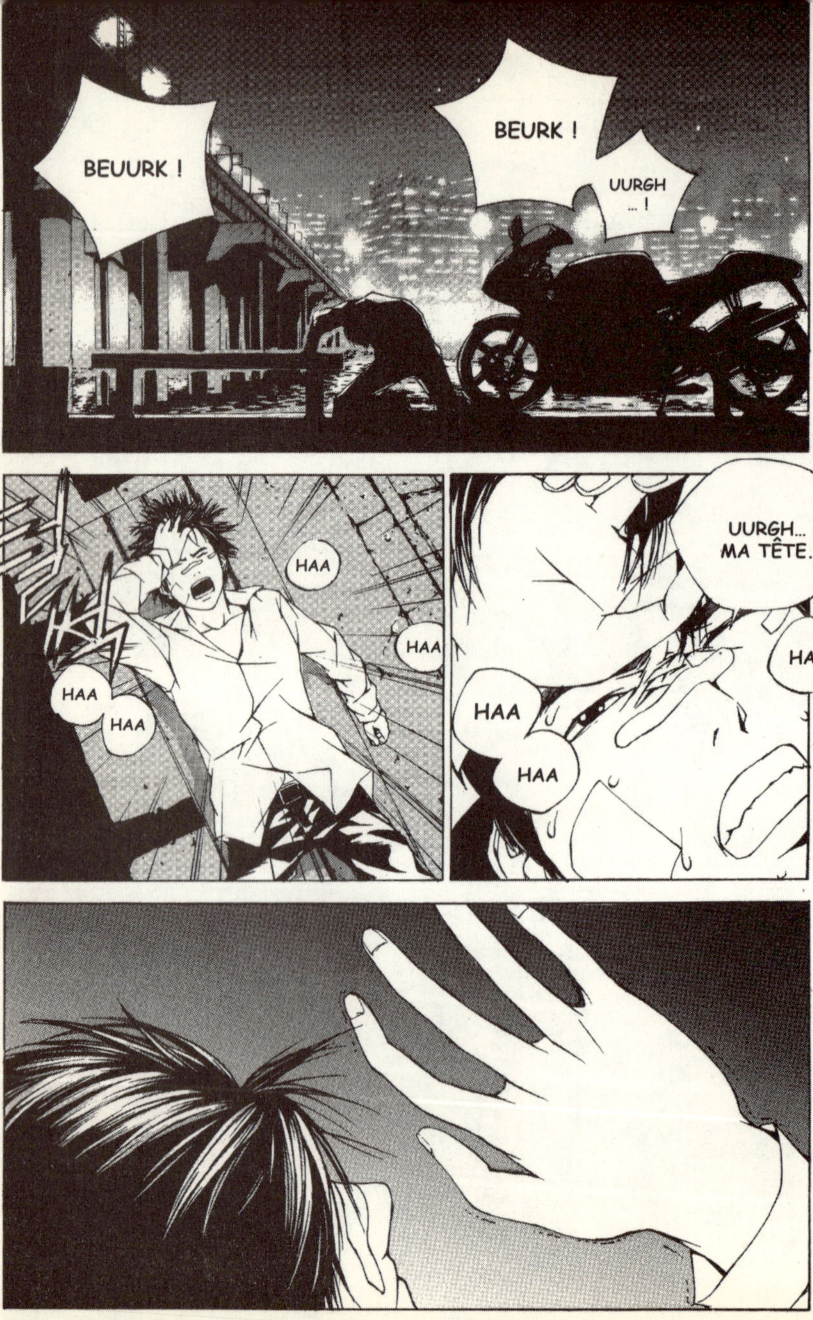
BEURK !
UURGH ... !
BEUURK !
UURGH... MA TÊTE.
HAA
HAA
HAA
HAA
HAA
HAA
HAA

...
OUAAAH !!

OUARGH !

AAAH !
SHIT !

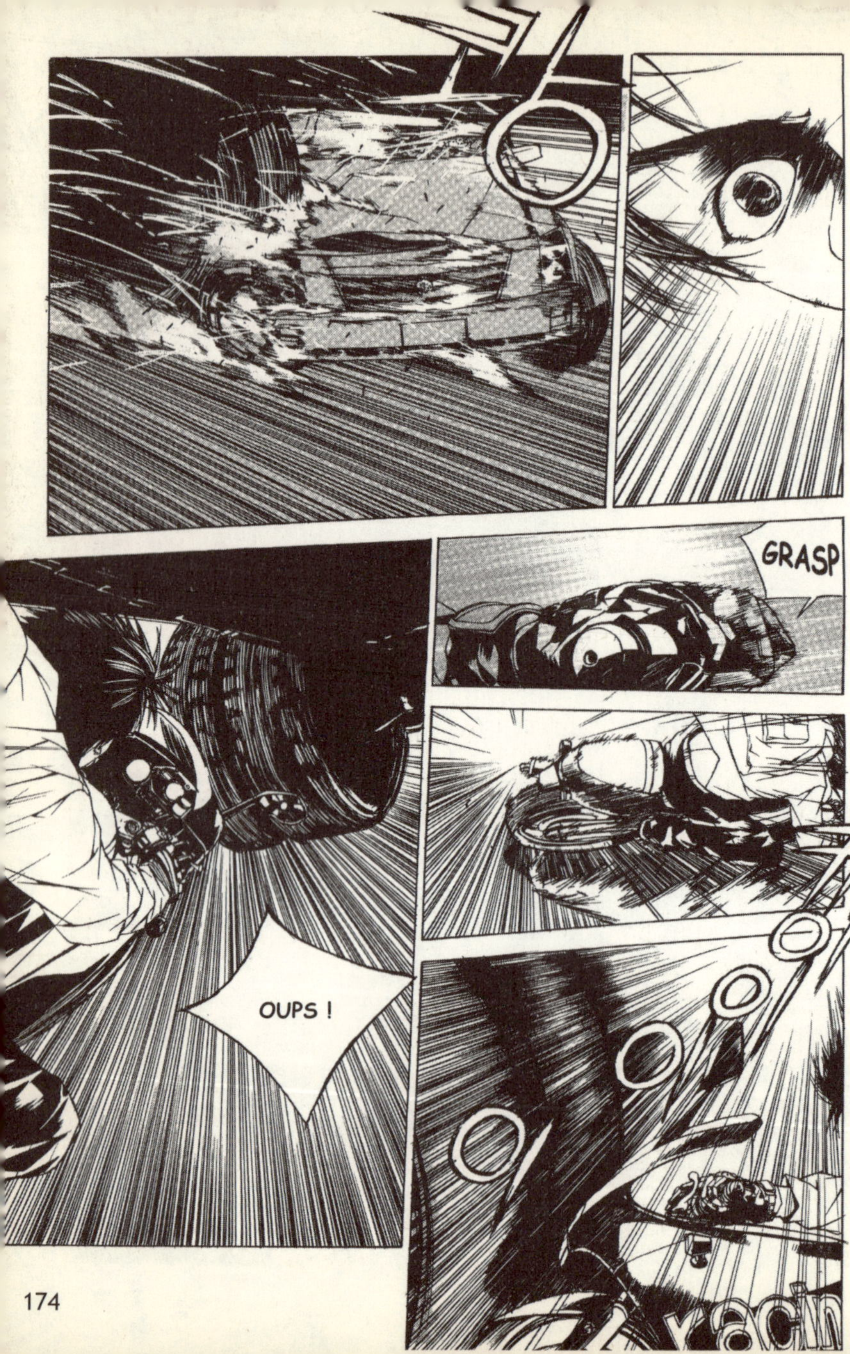
GRASP
OUPS !

AAAH...

CE N'ÉTAIT PAS MOI QUI FAISAIS ÇA...
QUELQU'UN D'AUTRE CONTRÔLAIT MON CORPS...
... PEUT-ÊTRE QUE...

CLING
CLING
WIING
WIING

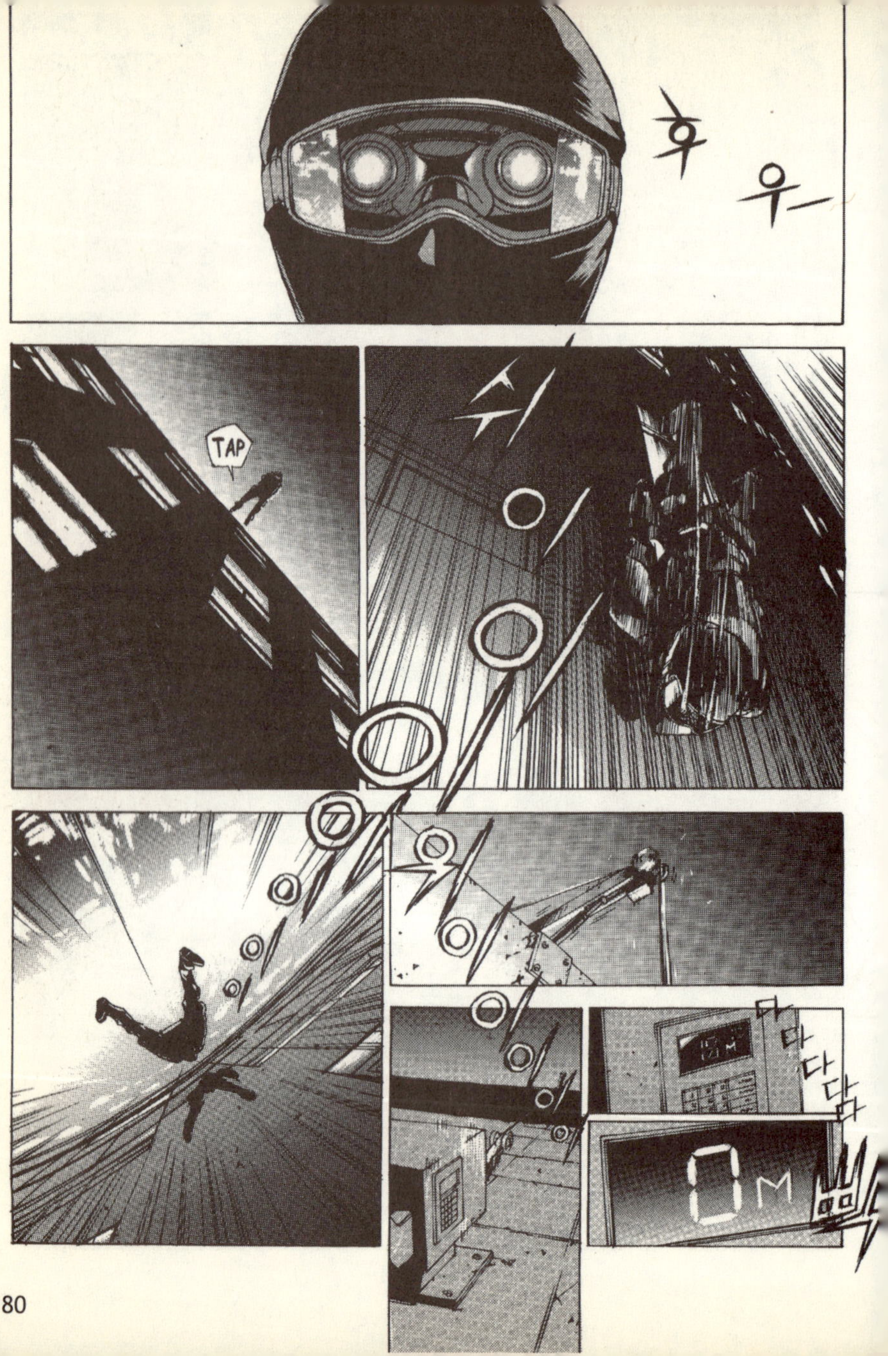
후우—
TAP
다다다닥
0M
삑

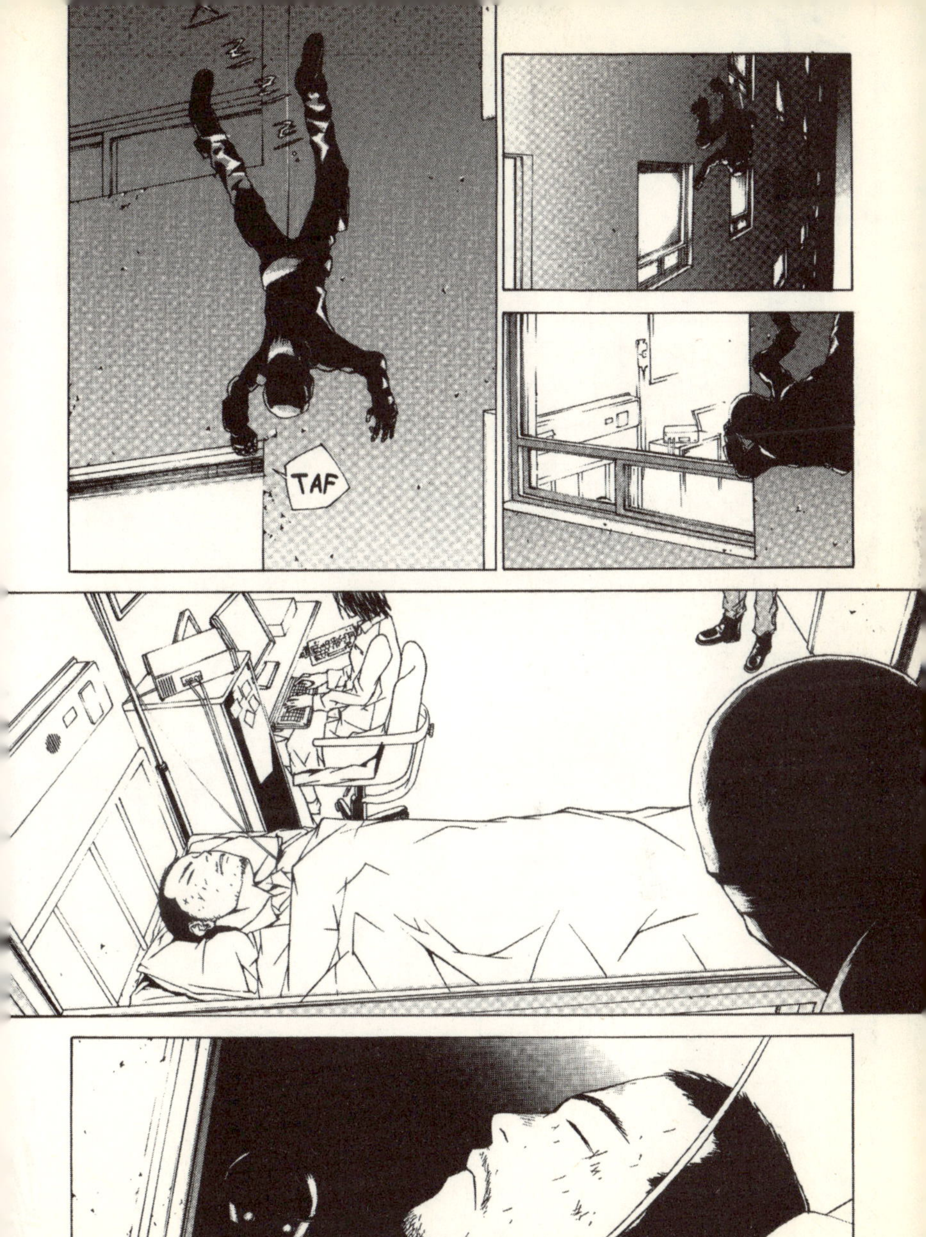
TAF

COMMENT VA-T-IL ?
IL EST DANS LE COMA. ON A PRIS LES MESURES D'URGENCE.
AVEZ-VOUS EU LE BACK-UP DES DONNÉES ?
HUM... JE LES AI ENVOYÉES AU CENTRE MAIS JE CROIS QU'IL FAUDRA FAIRE UNE ANALYSE DÉTAILLÉE APRÈS LES AVOIR SAUVEGARDÉES.
EST-CE QU'IL Y A DES TÉMOINS ? ET L'ENQUÊTE... ?
POLICE
POLICE
POLICE
HO, AGENT OUJIN JEONG !
?
TU COMPTES MONTER JUSQU'AU 10ÈME ÉTAGE PAR LES ESCALIERS ?

AH...
AH...
ANGEL VIRUS ?
OUI.
C'EST CE QU'ON A DE SÛR, DU MOINS POUR L'INSTANT. IL Y A UNE TRACE DE TRANSFORMATION DE PERSONNALITÉ PAR CONTAMINATION DE AV (ANGEL VIRUS).
POLICE

HUM.
MAIS QU'EST-CE QUI L'A MIS DANS CET ÉTAT ?
TING
Y A-T-IL EU UNE SURCHARGE DANS LE CERVEAU ?
IL Y A EU DES CAS COMME ÇA AUPARAVANT...
NON... CE N'EST PAS CELA... HUM...
IL FAUDRA FAIRE DES ANALYSES PLUS DÉTAILLÉES POUR LE SAVOIR MAIS...
QU'EST-CE QUE C'EST ?

ON DIRAIT QUE QUELQU'UN...
...L'A EFFACÉ.
COMMENT ?
EFFACÉ ?
POLICE
ON L'AURAIT SUPPRIMÉ ?
POLICE
HUM... POUR L'INSTANT, IL SEMBLERAIT QUE OUI...

D'HABITUDE, DES SYMPTÔMES COMME CELA SE MANIFESTENT LORSQU'IL Y A EU CONFLIT ENTRE DEUX PERSONNALITÉS, QUAND LA PERSONNE S'EN REND COMPTE ET QUE LE CERVEAU EST SATURÉ.
OU ENCORE, QUAND LES DONNÉES SE DÉPLACENT VERS UN AUTRE HÔTE, MAIS CETTE FOIS-CI, C'EST DIFFÉRENT
COMME SI...
UN CHIRURGIEN EXPERT L'AVAIT EXTIRPÉ,
IL N'Y A PRESQUE AUCUNE TRACE, CE QUI EST INHABITUEL.
...
MAIS QUI... ?
JE NE SAIS PAS... IL FAUDRA COMPTER SUR LE PEU DE DONNÉES QUI NOUS RESTE,
MAIS IL Y A UNE CHOSE QUI EST SÛRE...

IL S'AGIT CERTAINEMENT DE QUELQU'UN DE NIVEAU SUPÉRIEUR. IL EST COMPLÈTEMENT DIFFÉRENT DE TOUS CEUX QU'ON A VUS JUSQUE LÀ. IL EST MÊME CAPABLE D'EFFACER LES DONNÉES D'AUTRUI SANS LAISSER DE TRACE...
휘이이이잉
?
UN COURANT D'AIR ?
POL
ON A LAISSÉ LA FENÊTRE OUVERTE ?
ATTENTION !
!
!

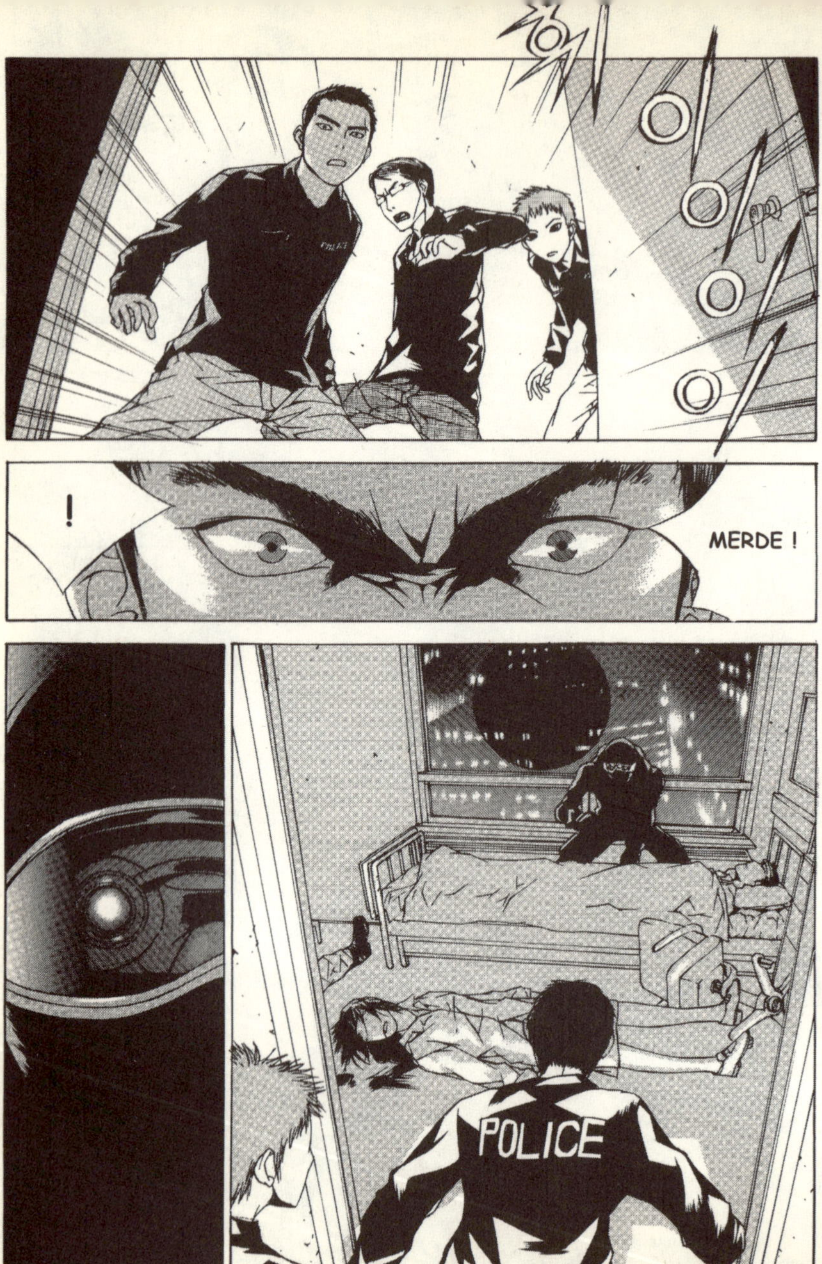

Log-7 END_ 2 권에 계속

PAGES BONUS
BON-
-JOUR !
TADAA
JH! STYLE
JE SUIS JIHYUNG SONG. MON PREMIER TOME VIENT DE SORTIR.
OUAH !
AH, ÇA FAIT TROP BIZARRE. C'EST UN LIVRE, VOUS VOUS EN RENDEZ COMPTE ?
VOILÀ, JE VAIS VOUS PRÉSENTER D'ABORD LES PERSONNAGES DE XS.
J'AI TOUJOURS VOULU FAIRE ÇA UN JOUR.
SUIVEZ-MOI.
NOTRE AÎNÉ, "JH" QUI S'OCCUPE DU DESSIN.
HI !
LUI C'EST NOTRE "MONSIEUR SONG" QUI S'OCCUPE DU FOND ET DES TEINTES !
C'EST UN TOUGH GUY
NI HAO !
ET ENFIN NOTRE "JUNG" QUI S'OCCUPE AUSSI DES TEINTES ET DU RESTE !
C'EST LE PLUS JEUNE DU GROUPE.
BONJOUR !
... EST-IL FINALEMENT DEVENU FOU ?
IL DEVRAIT VITE TROUVER UN ASSISTANT AU CAS OÙ...
ARGH !
TU CROIS QU'IL Y AURA QUELQU'UN QUI VOUDRA TRAVAILLER AVEC LUI ?
RAA... QUEL PARES-SEUX...
HUM... ON DIRAIT PLUTÔT QU'IL EST ATTEINT DE LA MALADIE D'ALZHEIMER.
C'EST UN VIEILLARD CELUI LÀ.
DIRECTEUR SHIN
AGENT HO
CHARLY
LES MEMBRES DE VACUUM

AH OUI ! ET PUIS ...
C'EST MONSIEUR SEUNGHWAN KIM, NOTRE RESPONSABLE, QUI S'OCCUPE DE L'HISTOIRE ET DE LA MISE EN SCÈNE
KOF
...
VIVA! VACUUM
GRIBOU LLIS
RESPONSABLE
NOUS LUI SOMMES TOUJOURS RECONNAIS-SANTS.
PAR LE CŒUR...
KOF
ET ENFIN, NOS MEMBRES DU GROUPE FONT LE MONITORING.
VOILÀ, FINISSONS-EN AVEC LA PRÉSENTATION MAINTENANT.
VIVA VACUUM
http://thevacuum.org
HÉ... HÉ !
QUOI ?
C'EST TOUT ?
PASSONS À AUTRE CHOSE.
LE TITRE "XS" VIENT DE LA CHANSON D'UN PRÉSENTATEUR 'UMC' QUE J'AIME BIEN, QUI S'APPELLE "XS DENIED" C'EST LA TRANSCRIPTION PHONÉTIQUE DU MOT 'ACCESS'. EN FAIT, LE NOM DE INCHANG EST AUSSI CELUI D'UN PRÉSENTATEUR QUE J'AIME BEAUCOUP.
EN FAIT, LA RAISON POUR LAQUELLE J'AI MIS "XS" ET NON PAS "ACCESS" C'ÉTAIT POUR DONNER AU TITRE UNE SIGNIFICATION MULTIPLE : EN PARTICULIER, AVEC LE "X", IL Y A UNE IDÉE D'"INCONNU, UNE IDÉE D'EXTRÊME, ETC...
BRR
BRR
MAIS, CELA NE VEUT PAS DIRE QUE 'XS = ACCESS'.
COMPRIS ?
J'AI VOULU DESSINER DE L'ACTION DANS LE GENRE DU 'CYBER-PUNK', AVEC DES ÉPISODES À LA X-FILES, ET AUSSI AVEC DU SPORT EXTRÊME, MAIS JE ME DEMANDE CE QUE VOUS EN PENSEZ
ARGH
IL AIME LE SKATE MAIS IL N'EST PAS BON.
POUR FINIR, J'AI PRÉPARÉ DES EXPLICATIONS SUR LES SIGLES ET LES ORGANISATIONS PRÉSENTÉS JUSQUE LÀ. JE NE PEUX PAS TOUT DÉVOILER À CAUSE DE LA SUITE DE L'HISTOIRE MAIS J'ESPÈRE QUE ÇA VOUS AIDERA UN MINIMUM À COMPRENDRE.
C'EST PAS DRÔLE SI ON SAIT TOUT.
PAGE SUIVANTE.

LEXIQUE DU TOME 1

HYBRIDE : ESPÈCE MUTANTE. IL S'AGIT D'UNE PERSONNE DONT LA PERSONNALITÉ D'ORIGINE A ÉTÉ MODIFIÉE OU CONTENANT UNE DEUXIÈME PERSONNALITÉ APRÈS QUE LE CERVEAU AIT ÉTÉ ENVAHI PAR UN AUTRE ORGANISME.

S.E.T. (SPECIAL ESPIONAGE TEAM) : ORGANISATION MISE EN PLACE AUX ETATS-UNIS POUR RASSEMBLER DES INFORMATIONS SUR LES HYBRIDES, POUR LES ESPIONNER ET LES CONTRÔLER.

[ZOMBIE] : GROUPE QUI S'OCCUPE EXCLUSIVEMENT DES INTERVENTIONS DU S.E.T. (C'EST DONC CEUX QUI SONT PRÉSENTS SUR LE LIEU DU CONFLIT).

THOT : DIEU DE LA SAGESSE DANS LA MYTHOLOGIE ÉGYPTIENNE. IL EST SOUVENT REPRÉSENTÉ AVEC UN CORPS HUMAIN ET UNE TÊTE D'IBIS.
C'EST LE NOM DU SUPER ORDINATEUR DU S.E.T.

NSA (NATIONAL SECURITY AGENCY) : ORGANISME D'INFORMATION FAISANT PARTIE DE LA DÉFENSE NATIONALE DES ETATS-UNIS ET QUI S'OCCUPE DE CENTRALISER LES DONNÉES QUI VIENNENT DES QUATRE COINS DU MONDE. IL A EN SA POSSESSION DES ÉQUIPEMENTS D'ÉCOUTE, N'IMPORTE OÙ DANS LE MONDE.

KALI : LA CONJOINTE DE SHIVA, UN DES DIEUX DE L'HINDOUISME. LA DÉESSE DE LA MORT ET DE LA CRUAUTÉ.

ANGEL VIRUS : UN VIRUS INFORMATIQUE. NON SEULEMENT IL PEUT TRANSMETTRE UNE ÉNORME QUANTITÉ DE DONNÉES EN UN TEMPS LIMITÉ, MAIS IL POSSÈDE AUSSI DES POUVOIRS QUI RESTENT ENCORE UN VÉRITABLE MYSTÈRE POUR LA SCIENCE D'AUJOURD'HUI. C'EST UN DÉRIVÉ DU QUEEN VIRUS.

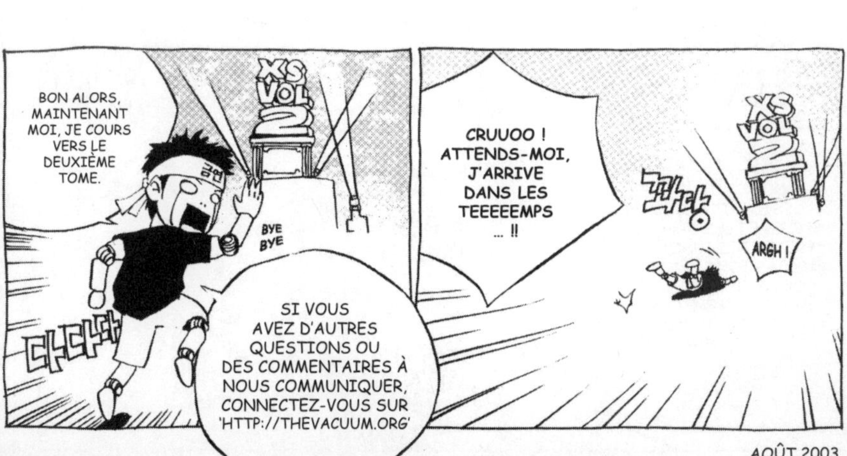

AOÛT 2003

XS volume 1

first published in korea in 2003 by Haksan Publishing Co., Ltd.
french translation rights arranged with Haksan Publishing Co., Ltd through Orange Agency.

1e édition française : août 2005
dépôt légal : août 2005

ISBN : 2-35100-013-7

traduction et adaptation : GB One
lettrage : GB One
corrections : severine damiani
conception graphique : romain quenisset

achevé d'imprimer en france en août 2005
sur les presses de l'imprimerie aubin